Emil Gaboriau

Die Gefahren des Irrtums

Roman von Emil Gaboriau - Aus dem Französischen

Emil Gaboriau

Die Gefahren des Irrtums

Roman von Emil Gaboriau - Aus dem Französischen

ISBN/EAN: 9783744605007

Hergestellt in Europa, USA, Kanada, Australien, Japan

Cover: Foto ©Andreas Hilbeck / pixelio.de

Weitere Bücher finden Sie auf **www.hansebooks.com**

L' Affaire Lerouge

oder

Gefahren des Irrthums.

L'Affaire Lerouge

oder

Gefahren des Irrthums.

Roman

von

Emil Gaboriau.

Aus dem Französischen.

3. Band.

Wien,
Albert Last.
1867.

XIII.

(Fortſetzung.)

Noel hatte ſich indeſſen in eine Fenſterbrüſtung zurück-
gezogen, und lehnte ſeine heiße Stirn an die kühlen Fenſter-
ſcheiben.

Woran dachte er wohl, indeß die Frau, die ihm ſo
viele Beweiſe mütterlicher Zärtlichkeit gegeben, ihm ſo viele
Opfer gebracht hatte — dem Tode entgegenſchmachtete?
Fühlte er Schmerz oder Bedauern? Oder dachte er nicht
vielmehr an jene hohe und glänzende Lebenslage, die ihn
drüben im Faubourg Saint-Germain erwartete? Plötzlich
drehte er ſich um, denn er vernahm die Stimme ſeines
Freundes.

„Wir ſind fertig,“ ſagte der Doktor, „und müſſen abwarten, welche Wirkung der Senfumſchlag hat. Wenn ſie
ihn fühlt, ſo iſt das ein gutes Zeichen, wenn er nicht
wirkt, ſo müſſen wir Schröpfköpfe verſuchen.“

„Und wenn auch dieſe nicht wirken?“

Der Arzt antwortete nur durch eine Geberde, die
ſeine vollſtändige Machtloſigkeit ausdrückte.

„Ich verſtehe Dich ohne Worte, Hervé,“ flüſterte

Noel. „Ach, Du sagtest es schon in voriger Nacht, daß sie nicht zu retten sei."

„Die Wissenschaft sagt so, ja; indeß gebe ich immer noch nicht alle Hoffnung auf. Sieh', vor einem Jahre sah ich den Schwiegervater eines Kollegen von mir in ähnlichem, noch weit hoffnungsloserem Zustande. Die Eiterung hatte bereits begonnen, und dennoch wurde er gerettet."

„Wie schmerzt es mich, sie in diesem Zustande zu sehen! Muß sie denn sterben, ohne einen klaren Augenblick zu haben? Wird sie mich nicht mehr erkennen, kein Wort mehr zu mir sprechen?"

„Wer kann das sagen! Diese Krankheit spottet jeder Voraussicht. Der Zustand kann jeden Augenblick wechseln, je nach den Theilen des Gehirns, welche von dem Leiden ergriffen werden. Jetzt ist die Kranke vollkommen abwesend, alle geistigen Kräfte sind gelähmt, sie liegt wie todt da — morgen kann sie heftige Zuckungen bekommen, und in furchtbarer Aufregung phantasiren."

„Dann wird sie vielleicht sprechen?"

„Wahrscheinlich, doch hat das weiter keinen Einfluß auf den Verlauf der Krankheit."

„Ja — und wird sie da vielleicht bei Verstande sein?"

„Es ist möglich," antwortete der Doktor, und sah seinen Freund erstaunt an. „Warum fragst Du so?"

„Ei, lieber Hervé, wie nothwendig wäre mir ein Ausspruch der Madame Gerdy!"

„Deiner Angelegenheit wegen, nicht wahr? Ich kann Dir in dieser Hinsicht Nichts sagen, Nichts versprechen. Es ist eben so leicht möglich, als nicht — wenigstens ent-

ferne Dich nicht von hier. Wenn sie einen klaren Moment
gewinnen sollte, so suche ihn zu benutzen. Ich muß jetzt
gehen, ich habe noch einige Kranke zu besuchen.“

Noel begleitete seinen Freund bis vor die Thür, und
fragte ihn draußen:

„Kommst Du wieder?“

„Abends, um neun Uhr. Bis dahin ist Nichts zu
machen. Von der Krankenpflegerin hängt Alles ab. Darum
habe ich Dir diese ausgesucht. Sie ist unschätzbar, ich
kenne sie.“

„Also Du hast die Nonne kommen lassen?“

„Ich, und zwar ohne Deine Erlaubniß zuvor einzu-
holen, bist Du mir böse deshalb?“

„Durchaus nicht, nur muß ich gestehen, daß ich eine
Aversion gegen diese Leute habe.“

„Laß’ sie doch, was haben politische Ansichten mit der
Krankenpflege Deiner Mutter zu thun!“

„Lieber Hervé, Du mußt wissen . . .“

„Ich weiß schon, was Du sagen willst, es ist die
alte Geschichte, daß diese Personen abgerichtet sind, heimlich
für ihren Orden zu wirken. Es mag sein, man hat schon
absonderliche Dinge gehört, und ich würde vielleicht selbst
mich besinnen, eine geistliche Schwester zu einem reichen,
kranken Onkel zu bringen, den ich zu beerben gedächte. Aber
hier ist es nicht so gefährlich. Die Leute reden viel Unsinn. In solchem Falle ist eine barmherzige Schwester ein
wahrer Segen, ich könnte Dir keine bessere Pflegerin in
Deiner letzten Noth wünschen. Doch ich habe Eile, lebe
wohl.“

1 *

Behend eilte der Doktor die Stiege hinab, indeß Noel gedankenvoll und sorgenschwer in das Krankenzimmer zurückkehrte.

Die barmherzige Schwester erwartete ihn an der Schwelle, und winkte ihn bei Seite.

„Was wünschen Sie?“ fragte Noel.

„Das Mädchen hat kein Geld mehr, die Apotheke zu bezahlen, und sagte mir, ich solle mich an Sie wenden.“

„Es thut mir leid,“ sagte Noel unangenehm berührt, „daß ich daran nicht gedacht habe. Sie sehen, ich bin ganz zerstreut.“

Er nahm eine Hundertfrancsnote aus seiner Brieftasche und legte sie auf den Kamin.

„Ich danke Ihnen,“ sagte die Schwester, „ich werde alle Ausgaben aufschreiben. Wir machen es immer so, es ist bequemer für die Familien. Man ist so aufgeregt, wenn man die Seinigen leidend sieht, daß man leicht Etwas vergißt. So haben Sie wohl auch noch nicht daran gedacht, der armen Dame die Tröstungen unserer heiligen Religion zukommen zu lassen? An Ihrer Stelle würde ich doch ohne Verzug um einen Priester schicken.“

„Was helfe das jetzt! Sehen Sie doch, in welchem Zustande sie ist! Sie liegt da wie todt. Sie haben selbst gehört, daß sie nicht einmal meine Stimme vernimmt.“

„Was thut das — Sie haben dann doch wenigstens Ihre Pflicht erfüllt. Sie hat Ihnen nicht geantwortet, doch wissen Sie denn, ob sie nicht vielleicht doch dem Geistlichen antwortet? Sie kennen die Wohlthat der Sterbesakramente noch nicht. Sie richten den gesunkenen Muth auf, sie heilen die todtwunde Seele. Ich hörte oft in Familien sagen: man wolle den Kranken nicht erschrecken, der Anblick des Sterbesakraments könne sein Ende beschleunigen. Das ist ein unglückseliger Irrthum. Der Priester erschreckt nicht, er tröstet und stärkt die Seele zu der schweren Stunde. Er scheucht jeden Zweifel hinweg, erlöst von der Angst der Sünde. Ich sah schon Kranke, die nach Empfang des heiligen Oeles getröstet einschliefen, und zur Genesung erwachten."

Die barmherzige Schwester sprach das Alles so eintönig, so leblos, als sage sie etwas auswendig Gelerntes her. Im Anfange ihrer Laufbahn hatte sie gewiß Alles lebhaft mitempfunden, aber endlich wird das allzu oft Geübte und Gesagte zur leeren Formel. Es gehörte zu ihrer Pflicht als Krankenwärterin, eben so als das Theekochen oder Pflasterstreichen.

Noel hörte nicht auf sie — sein Geist war weit entfernt.

„Ihre gute Mutter, die Sie doch so sehr lieben, hielt gewiß viel auf unsere heilige Religion — wollten Sie da wohl ihre Seele ohne Beichte hinfahren lassen? Wenn sie reden könnte, sie würde trotz ihrer unendlichen Leiden ..."

Der Advokat wollte antworten, als das Mädchen eintrat, und einen Herrn anmeldete, der wegen Geschäftsangelegenheiten zu sprechen habe, aber seinen Namen nicht nennen wolle.

„Ich komme schon," antwortete Noel rasch.

„Was soll ich also thun?" fragte die barmherzige Schwester wieder.

„Ich lasse Ihnen die Freiheit, zu thun, was Sie für nöthig halten."

Mit verdrießlichem Gesicht eilte er zur Thür hinaus, und hörte die Dankesworte der Nonne nicht mehr. Gleich darauf hörte man im Vorzimmer seine Stimme. Er sagte: „Endlich sind Sie da, Herr Clergeot, ich dachte schon, Sie kämen gar nicht mehr."

Der längst erwartete Besuch war eine in jenem Viertel von Paris wohlbekannte Persönlichkeit. Er war kein Wucherer — wer hätte ihn je mit den strafenden Gesetzen in Berührung bringen können! Er besaß Vermögen und half damit guten Freunden aus der Noth — wenn auch die Summe, die er gab, von der Summe, die er aufschrieb, um ein Bedeutendes differirte, wer konnte ihm denn den kleinen Gegendienst verweigern!"

Sein Charakter, seine Redlichkeit und Gutmüthigkeit waren allgemein bekannt. Nie ließ er einen Schuldner durch das Gesetz verfolgen, o nein, er heftete sich mit Liebe und einer eigenen Zähigkeit an seine Fersen, bis er ihm endlich den letzten Sous abgenommen hatte.

Er hatte keinen Laden, doch konnte man Alles, was sich nur verkaufen ließ, bei ihm haben, und noch verschiedenes Andere, was sich eigentlich nicht verkaufen läßt — Alles um seinem Nächsten nützlich zu sein. Zuweilen klagte der arme Mann über schlechte Geschäfte. Möglich — denn er hatte seine eigene Art von Leuten, mit denen er allein verkehren mochte. Damen zweifelhaften Rufes, Schauspielerinnen, Künstler, höchstens Aerzte und Advokaten, die er zu Jenen rechnete, weil dabei die Persönlichkeit die

Karriere macht, und nicht das Gewerbe. Denen, die ihm
nicht gefielen, lieh er nicht auf die beste Sicherheit, und
täuschte sich allerdings selten in seiner Voraussicht. Seine
Klienten brachten es zu Etwas, so daß ein hübsches Mäd=
chen, der er eine Wohnung möblirte, ein Künstler, dem er
lieh, schon durch seine Protektion einen gewissen Ruf ge=
wannen.

Diese nützliche und ehrenvolle Bekanntschaft verdankte
der Advokat seiner Madame Juliette.

Er wußte, daß man die Höflichkeit nicht vernachlässigen
dürfe, lud also den ehrenwerthen Herrn zum Sitzen ein
und fragte artig nach seinem Befinden. Clergeot erging
sich in Einzelnheiten. Die Zähne thaten noch so ziemlich
ihre Dienste, aber die Augen wurden schwächer, die Beine
ließen auch nach und mit dem Gehör wollte es auch nicht
mehr recht fort. Nachdem er so ein Weilchen lamentirt,
sagt er:

„Sie wissen, weshalb ich komme. Ihre Wechsel sind
heute fällig, und ich brauche durchaus Geld. Da haben
wir einen auf zehntausend Francs, einen auf siebentausend
und einen dritten auf fünftausend Francs — Summa:
zweiundzwanzigtausend Francs.

„Herr Clergeot, machen Sie keine schlechten Witze!“

„Was beliebt? Ich scherze nicht im mindesten.“

„Ich glaube doch. Schrieb ich Ihnen nicht heute vor
acht Tagen, benachrichtigte Sie, daß ich nicht bei Kasse
bin und ersuchte Sie um Verlängerung des Termines?“

„Ich habe Ihren Brief wohl erhalten.“

„Nun also, was wollen Sie denn noch?“

„Ich meinte, Sie werden schon verstehen, daß ich auf Ihren Wunsch nicht eingehen kann, wenn ich nicht antwortete. Ich hoffte, Sie würden sich indessen bemühen, die Summe aufzutreiben."

Noel konnte seine Ungeduld kaum mehr meistern.

„Das habe ich nicht gethan. Thun Sie was Sie wollen, ich habe keinen Sou."

„Teufel! Wissen Sie, daß ich Ihnen schon viermal prolongirt habe?"

„Mir scheint, die Zinsen sind immer baar und richtig bezahlt worden, und Ihr Geld bei mir trägt ganz artige Sümmchen ein, meine ich."

Clergeot schien es ungünstig zu vermerken, daß von Interessen die Rede war. Er äußerte zuweilen, er höre nicht gern davon sprechen, es demüthige ihn.

Er antwortete ziemlich trocken:

„Ich beklage mich ja auch nicht, und muß Ihnen nur bemerken, daß Sie es allzu leicht mit mir nehmen. Wenn ich Ihre Wechsel zu Gelde gemacht hätte, so wären sie schon längst bezahlt."

„Eben so wenig als da Sie sie besitzen."

„O doch. Ihre Körperschaft paßt nicht, und Sie würden schon Mittel gefunden haben, die Folgen zu vermeiden. Aber Sie denken: der Clergeot ist eine gute Haut. Ich bin es aber nur insofern, als ich mir dabei nicht im Lichte stehe. Jetzt aber brauche ich durchaus mein Kapital — ich muß es durchaus — ha — ben —," schloß er, die einzelnen Silben stark betonend.

Dieses entschiedene Auftreten schien den Advokaten doch zu beunruhigen. Er sagte:

„Muß ich es Ihnen denn noch einmal wiederholen: ich habe gar kein Geld, durch — aus — gar — nichts.‘

‚Wirklich? Das ist mir leid, Ihretwegen. Ich bin genöthigt, die Wechsel dem Gerichtsdiener zu übergeben.“

„Was soll das nützen? Sprechen wir offen mit einander. Wollen Sie den Kerls zu verdienen geben? Ich denke doch kaum, daß Ihnen das Spaß macht. Und wenn sie mir eine Menge Kosten machen, bringt Ihnen das einen Centime ein? Ich werde vielleicht verurtheilt, gut — was weiter? Wollen Sie mich pfänden? Ich bin hier nicht in meiner Wohnung, sie ist auf den Namen meiner Mutter.“

‚Wir kennen das. Und wenn auch, der Verkauf aller dieser Einrichtung würde mir keine Deckung sein.‘

„Wollen Sie mich also einsperren lassen? Eine schlechte Spekulation das, ich sage es Ihnen. Die Advokatur wäre verloren, und ohne Verdienst hört auch die Zahlung auf.“

‚Machen Sie mir keine Redensarten, Herr Gerdy! Sie nennen das offen mit mir reden? Machen Sie das Anderen weiß! Wenn Sie mir nur halb so viel schlimme Absicht zutrauten, als Sie da sagen, so hätten Sie längst das Geld dort in Ihrem Schreibtische liegen.‘

„Sie irren sich! Ich wüßte nicht, wo es hernehmen, und Madame Gerdy mag ich nicht damit kommen.‘

Ein spöttisches, grelles Auflachen, das dem alten Clergeot eigenthümlich war, unterbrach den Advokaten.

„Blasen Sie nur nicht in das Horn,“ sagte der

Wucherer, „wir wissen recht gut, daß der Sack der Mama längst geleert ist, und wenn sie heute oder morgen sterben sollte — ich hörte, sie sei sehr krank — so gäbe ich nicht zweihundert Louisd'or für die Erbschaft."

Der Advokat wurde roth vor Aerger, seine Augen blitzten, doch verbarg er seine Aufregung, und protestirte nur lebhaft.

„Ich weiß, was ich weiß," fuhr Clergeot ruhig fort. „Man erkundigt sich, bevor man sein Geld riskirt, das ist nur in der Ordnung. Die letzten Werthpapiere der Mama haben Sie im vergangenen Oktober zu Gelde gemacht. Ihre kleine Frau kostet Ihnen Etwas. Ich habe die Rechnung zusammengestellt, sie ist zu Hause. Juliette ist eine charmante Person, sie hat ihres Gleichen nicht, das ist richtig, aber sie ist theuer. Sie ist sogar höllisch theuer!"

Noel war wüthend, daß ein solcher Mensch in dieser Weise über seine Geliebte reden durfte. Aber was sollte er entgegnen?

Jeder hat seine Schwächen, und Clergeot hatte einmal keine Achtung vor Frauenzimmern, wahrscheinlich hatte er nie etwas Besseres kennen gelernt. Er wußte sehr charmant mit dem schönen Geschlecht umzugehen, zuvorkommend und sogar galant, aber seine plumpe Vertraulichkeit war eigentlich verletzender als die größte Beleidigung.

„Sie sind zu arg ins Zeug gegangen, ich habe Sie bei Zeiten gewarnt," fuhr Clergeot fort, ohne den Aerger seines Clienten zu beachten. „Aber was hilfts, Sie sind närrisch verliebt in das Frauenzimmer, Sie können ihr einmal Nichts abschlagen. Sie hatte stets kaum Zeit Etwas zu wünschen, so war es auch schon herbeigeschafft. Thorheit das! Wenn ein hübsches Mädchen Etwas begehrt, so muß man sie so lange als möglich zappeln lassen. Dann hat sie Etwas zu denken, und kommt indessen nicht auf eine Menge anderer Dummheiten. Mit vier genährten und erfüllten Wünschen muß man für ein ganzes Jahr hinhalten können. Sie haben mit Ihrem Glück nicht haushalten gelernt. Ich weiß wohl, sie hat ein Paar Augen, daß sie Einem durch und durch sehen kann, aber — den Tausend auch — man muß sich hart machen! Nicht zehn Mädchen in ganz Paris leben auf solchem Fuße. Glauben Sie daß Sie um so mehr geliebt werden? Keine Spur. Wenn sie erfährt, daß Sie ruinirt sind, so geht sie Ihnen durch und probirt es mit einem Anderen."

Noel ließ den Redestrom seines Gläubigers über sich ergehen, wie man einen Regenguß aushält, wenn man keinen Schirm hat.

„Wo wollen Sie eigentlich hinaus?" sagte er.

„Darauf, daß ich Ihre Wechsel n i c h t prolongiren werde. Verstehen Sie? Jetzt ist der Moment, daß Sie die zwei und zwanzigtausend Francs noch auftreiben können — nein, runzeln Sie nur nicht die Stirn, Sie werden sie schon finden. Wenn ich Sie zum Beispiel pfänden ließe — nicht hier, das wäre Unsinn — sondern bei ihrer kleinen Frau, die sich kurios darüber wundern würde."

„Sie hat ihre eigene Wohnung, und Sie haben da kein Recht!"

„Was thut das? Sie wird sich wehren, ich weiß das wohl, aber wenigstens wird ihr Reden Sie vermögen Anstal=

ten zu machen. Glauben Sie mir nur, der Schlag wird Sie treffen. Ich will jetzt einmal mein Geld haben. Ich will Ihnen keine Frist mehr gewähren, denn bis in drei Monaten sind Ihre letzten Hülfsquellen erschöpft. Streiten Sie mir das nicht ab — Sie werden sich allerdings in Ihrer Lage bis auf den letzten Moment halten wollen. Sie sind im Stande, das Bett Ihrer sterbenden Mutter in den Ofen zu werfen, um der anderen Creatur die Füße zu wärmen. Wo haben Sie die zehntausend Franks hergenommen, die Sie ihr neulich Abends gegeben haben? Wer weiß was Sie noch im Stande sind zu thun, um sich Geld zu verschaffen, um sie noch einige Tage länger zu behalten. Thun Sie einmal die Augen auf; ich kenne das Spiel. Wenn Sie Juli⬛nicht lassen, so sind Sie verloren. Ich gebe Ihnen noch einen guten Rath gratis: Sie müssen sie ja doch verlieren, auf jeden Fall, nicht wahr? So entschließen Sie sich und machen Sie sich gleich heute los."

So war er, der biedere Clergeot! Er verschonte seine Clienten nicht mit der bittersten Wahrheit, wenn sie nicht bei Casse waren. Wenn sie das übel nahmen — nun desto schlimmer. Er hatte dann doch seine Pflicht gethan, und von der Thorheit abgemahnt.

Noel konnte es nicht mehr aushalten, sein Zorn brach aus.

„Endlich ist es genug!" rief er mit entschlossenem Tone. „Handeln Sie wie Sie wollen, Herr Clergeot, verschonen Sie mich aber mit Ihrem guten Rath, da ist mir der Gerichtsdiener noch lieber. Ich habe verschwendet, doch

damit ist nicht gesagt, daß ich das nicht wieder gut machen
könnte, und zwar in überraschender Weise. Ja, Herr Cler=
geot, ich kann zweiundzwanzigtausend Francs herbeischaffen
bis morgen früh, sogar hunderttausend, wenn ich sie haben
will, ich brauchte nur den Mund aufzuthun. Aber ich will
das nicht. Es braucht Niemand um meine Ausgaben zu
wissen, Niemand zu ahnen, daß ich augenblicklich in Ver=
legenheit bin. Ihretwegen will ich nicht die Aussichten auf
das Spiel setzen, mit denen ich so eben im Reinen bin.“

„Er wehrt sich seiner Haut, er ist doch noch nicht so
hin als ich glaubte,“ dachte der Wucherer.

„Gehen Sie nur mit Ihren Wischen zum Notar,
lassen Sie die Gerichtsdiener kommen. Das braucht Nie=
mand als mein Portier erfahren. Nach acht Tagen
werde ich auf das Handelsgericht gefordert, und beanspruche
die fünfundzwanzig Tage Verzug, auf welche jeder Schuld=
ner vor Gericht Anspruch hat. Fünfundzwanzig und acht
sind dreiunddreißig Tage, scheint mir — einen längeren
Termin brauche ich nicht. Fassen wir uns kurz: entweder
Sie nehmen sogleich einen Wechsel an auf achtundvierzig=
tausend Francs, auf sechs Wochen, oder — Ihr Diener,
mein Herr, gehen Sie zum Notar.“

„In sechs Wochen werden Sie noch um kein Haar
besser situirt sein, als heute, im Gegentheil, fünfundvierzig
Tage Juliettens machen in Louisd'ors ...“

„Herr Clergeot, binnen Kurzem wird meine Lage eine
total andere sein. Ich sagte es Ihnen bereits — und habe
keine Zeit zu verlieren.“

Er stand auf.

„Sie überstürzen sich, Sie sind zu aufgeregt," lenkte der Banquier ein. „Sie sagen: achtundvierzigtausend Francs auf fünfundvierzig Tage?"

„Ja. Das macht so ungefähr fünfundsiebenzig Prozent, das ist doch gut bezahlt."

„Ich streite nie wegen Interessen, nur ..."

Er sah Noel schlau an und kratzte sich wüthend am Kinn, was bei ihm eine besondere Thätigkeit des Denkvermögens bedeutete.

„Ja, ich möchte nur wissen, auf was sie eigentlich rechnen?"

„Das werde ich Ihnen nicht sagen. Sie werden es binnen Kurzem erfahren, wie die Andern auch."

„Ich habe es!" rief   t, „ich habe es! Sie wollen sich verheiraten! Der Tausend! Sie haben irgendwo eine reiche Erbin aufgespürt. Ihre kleine Juliette sagte mir wohl so etwas Aehnliches heute Morgen. Ach, Sie heiraten also! Ist sie hübsch? Liegt Nichts daran. Sie hat Geld, das ist die Hauptsache, sonst würden Sie sie nicht nehmen. Sie werden also Ihr eigenes Haus gründen?"

„Ich sage das nicht."

„Nun so schweigen Sie darüber, wie Sie wollen, ich verstehe Sie doch. Nur einen Rath: Ihre kleine Juliette ahnt so Etwas, seien Sie auf Ihrer Hut. Sie haben Recht; Sie dürfen jetzt kein Geld aufnehmen. Der Schwiegervater könnte Wind von Ihrer finanziellen Lage bekommen, und Sie erhielten die Tochter nicht. Heiraten Sie, und seien Sie klug. Vor allen Dingen geben Sie Julietten auf, sonst ist die Mitgift bald beim Teufel. Stellen Sie also den Wechsel aus wie wir verabredet haben, ich werde ihn am Montag abholen, und die alten mitbringen."

„Sie haben sie also nicht bei sich?"

„Nein. Ich muß Ihnen offen gestehen, daß ich sie bereits gestern mit anderen dem Gerichtsdiener übergeben habe, wohl wissend, daß bei Ihnen Nichts zu haben ist. Doch darüber machen Sie sich keine Sorgen, Sie haben mein Versprechen."

Der würdige Clergeot ging, doch in der Thür kehrte er noch einmal um.

„Ich habe noch Etwas vergessen. Wissen Sie, wenn Sie einmal dabei sind, stellen Sie den einen Wechsel gleich auf sechsundzwanzigtausend Francs aus. Ihre kleine Juliette hat einige Putzgegenstände bei mir bestellt, die ich ihr morgen hintragen will — so sind sie auch gleich bezahlt."

Der Advokat wollte Einwendungen machen. Er wollte ja seiner Geliebten keinen Wunsch versagen, aber doch wenigstens früher um seine Einwilligung befragt werden. Er konnte nicht zugeben, daß Andere über seine Kasse ungenirt verfügten.

„Sie scherzen, Herr Gerdy," äußerte der Wucherer greinend. „Wegen einer solchen Kleinigkeit wollten Sie ihr entgegen sein! Sie wird Ihnen noch ganz Anderes zeigen, die Mitgift wird sie mit Stumpf und Stiel verzehren. Wenn Sie übrigens noch einen Vorschuß, der Hochzeit wegen, brauchen, so geben Sie mir Sicherheit, lassen Sie mich selbst mit dem Notar reden, wir wollen das schon machen. Doch nun muß ich laufen. Am Montag, nicht wahr?"

Noel lauschte, ob der Ueberlästige sich auch wirklich entfernt.

Als er seinen schleppenden Schritt unten auf der Stiege vernahm, brach sein Zorn endlich aus.

Er machte sich Luft in den heftigsten Flüchen und Verwünschungen über den alten Wucherer, der ihn fast in die bitterste Verlegenheit gebracht, ja ihm sein Spiel hätte verderben können. Wenn der Graf das erfahren hätte!

Er zog seine Uhr heraus.

„Schon halb Sechs!"

Er wußte nicht, wozu er sich entschließen sollte. Er hätte gern mit seinem Vater im Schlosse Commarin ge= speiset — aber konnte er denn Madame Gerdy verlassen, die im Sterben lag?

„Es geht nicht, ich darf nicht fortgehen," flüsterte er vor sich hin.

Er setzte sich an seinen Schreibtisch, und warf in aller Eile eine schriftliche Entschuldigung an seinen Vater auf das Papier, worin er angab, daß Madame Gerdy jede Stunde ihren Geist aufgeben könne, und er ihr selbst die Augen zudrücken wolle.

Als er dem Dienstmädchen das Billet übergab, das ein Kommissionär an seine Adresse befördern sollte, fiel ihm plötzlich etwas Anderes ein; er fragte:

„Ist der Bruder der Madame Gerdy schon benach= richtigt worden, daß sie gefährlich krank ist?"

„Ich weiß es nicht, Herr, ich habe es wenigstens nicht gethan," antwortete das Mädchen.

„Das hätten Sie längst thun sollen, da ich nicht zu

Hause war! Eilen Sie so schnell als möglich zu ihm laßen Sie ihn holen, wenn er nicht zugegen ist."

Beruhigt kehrte Noel in das Krankenzimmer zurück, und setzte sich dort nieder. Die Lampe war angezündet, die barmherzige Schwester ging geschäftig hin und her, und brachte das Krankenzimmer in gefällige Ordnung, mit einem Lächeln der Befriedigung, das Noel auffiel.

„Haben Sie Hoffnung auf Genesung?" fragte er die Nonne.

„Warum nicht? Der Herr Pfarrer ist selbst da-gewesen und hat Ihre Frau Mutter besucht. Sie hat ihn wohl nicht erkannt, doch er wird wieder kommen. Seit er da war, fängt der Senfteig an zu wirken, die Haut färbt sich überall roth, jetzt bin ich überzeugt, sie fühlt ihn."

„Das wolle Gott!"

„Ich habe auch inbrünstig gebetet darum. Jetzt ist es von Wichtigkeit, die Kranke keinen Augenblick allein zu laßen; ich habe deshalb auch schon mit dem Mädchen ge-sprochen. Wenn der Doktor hier war, so will ich schlafen gehen, und sie kann bis ein Uhr wachen. Dann soll sie mich wecken."

„Schlafen Sie nur," entgegnete Noel wehmüthig. „Ich will die ganze Nacht hier bleiben, ich könnte ja doch nicht schlafen."

— — —

XIV.

Tabaret gab seine Sache nicht verloren, wenn er auch
für den Augenblick geschlagen war, und mit Verlust aller
Hilfstruppen das Terrain räumen mußte, als der Unter=
suchungsrichter, ohne auf ihn zu hören, den Justizpalast
verließ. Der kleine Mann war so beharrlich oder so hart=
näckig wie ein Maulthier — das war eben sein Fehler
oder sein Vorzug, wie man es nehmen will.

Auf die Verzweiflung, der er sich im ersten Moment
hingab, folgte bald ein muthiger Entschluß, dem Uebel nicht
zu weichen. Was er als seine Pflicht erkannte, sollte auch
um jeden Preis durchgeführt werden. Ein Menschenleben
stand auf dem Spiele — da galt es keinen Verzug, keine
Stunde sollte ungenützt verstreichen. Er selbst stieß den
Unschuldigen in den Abgrund, so mußte nun auch er, und
er allein, wenn Keiner helfen wollte, ihn daraus befreien.

Doch auch bei ihm machte die menschliche Natur ihr
Recht geltend, als er erst auf die Straße kam; sein Magen
machte ihm bemerklich, daß er den ganzen Tag noch nicht
im Mindesten berücksichtigt worden war. Er ging in eine
Restauration am Boulevard, und ließ sich zu essen geben.

Es ist bemerkenswerth, daß man vor dem Essen alle Dinge anders ansieht, als nachher. Gebt dem Unzufriedenen, dem Verzagten, dem Wühler — zu essen! Ueber die menschliche Schwäche hatte Tabaret gut Achselzucken! Er konnte sie so wenig verleugnen als jeder Andere. Unter dem Essen faßte er wieder Muth, fand er sein Selbstvertrauen wieder.

Er sah die ganze Sache nicht mehr so schwarz. Ihm fiel ein, daß er Zeit genug habe, seine Geschicklichkeit einen ganzen Monat walten zu lassen; sein Scharfsinn würde ihn ja endlich, wie immer, das Rechte ergreifen lassen, meinte er. Wenn er nur wenigstens Albert in Kenntniß setzen könnte, daß Einer in seinem Interesse thätig sei.

Nach beendetem Mahle stand er heiterer auf, und ging rasch und behend wie sonst nach seiner Wohnung. Es schlug neun Uhr, als er das Haus betrat.

Zuerst erklomm er die Treppe, die ihn zu Noel's Wohnung führte, ihn verlangte nach Nachrichten von seiner ehemaligen Freundin, der sonst so hochgeschätzten, guten Madame Gerdy.

Noel öffnete ihm selbst die Thür. Er sah schmerzlich erschüttert aus — die Kranke mußte ihm wohl sehr am Herzen liegen, ungeachtet sie nicht seine Mutter war. Oder dachte er an vergangene Zeiten?

Diese ungewohnte Gemüthsstimmung seines Schützlings ergriff Tabaret; er mußte ein wenig näher treten, obgleich er stets fürchtete, seine nähere Bekanntschaft mit der Angelegenheit der Witwe Lerouge in einem Gespräche mit dem Advokaten zu verrathen.

2 *

Ihn plagte auch die Neugier, zu erfahren, was zwi=
schen dem Grafen und dem jungen Manne vorgegangen
sein konnte; er beschloß daher, die Zunge fein im Zaume
zu halten, und folgte seinem jungen Freunde in das Kranken=
zimmer.

Der Zustand der Kranken hatte sich ein wenig ge=
ändert, doch wußte der Laie nicht zu sagen, ob zum Besseren
oder zum Schlimmeren. Sie lag nicht mehr so starr und
leblos da, die Wimpern zuckten, als wollten die Augen
sich öffnen, sie bewegte sich und gab leise Schmerzenstöne
von sich.

„Was sagt der Doktor?" fragte Tabaret in jenem
leisen Tone, den die Gegenwart eines Kranken uns un=
willkürlich auferlegt.

„Er ist eben fortgegangen," antwortete Noel, „es wird
bald vorüber sein."

Der alte Mann trat vorsichtig auf den Fußspitzen
näher, und sah die Kranke mit sichtlicher Bewegung an.

„Die arme Frau!" flüsterte er. „Gott macht es gnädig,
wenn er sie zu sich nimmt. Wohl mag sie viel leiden —
doch was sind körperliche Schmerzen im Vergleich zu dem
Bewußtsein, daß ihr eigener Sohn, eines Mordes an=
geklagt, im Kerker sitzt!"

„Das sage ich mir auch immer, um nicht den Muth
zu verlieren, wenn ich sie so hinschmachten sehe. Ich glaubte
sie nicht mehr zu lieben, ich grollte ihr, und habe es ihr
zweimal ziemlich hart fühlen lassen — doch jetzt, wo ich
sie verlieren soll, denke ich nur an ihre Liebe und Treue,
und beklage sie, wie eine wirkliche Mutter. Ihr ist es eine

Wohlthat, zu sterben — und dennoch, ich kann es nicht glauben, daß ihr Sohn ein Verbrecher sein soll."

„Nicht wahr, nicht wahr? Also auch Sie nicht?"

Noel sah verwundert auf, daß sein alter Freund sich gar so warm des Angeklagten annahm. Dieser erschrak, daß er sich vergessen hatte, und suchte seine Theilnahme zu erklären.

„Ich freute mich nur, daß Sie auch meiner Meinung sind, ich verstehe ja Nichts davon, doch alle Welt spricht schon von dem Angeklagten, und die Meisten halten ihn für unschuldig. Ich selbst kann mir kaum denken, daß ein junger Mann dieses Ranges eine so gemeine Mordthat verübt haben sollte. Hat er ein günstiges Vorurtheil für sich, so ist das immerhin schon Etwas."

Am Krankenbette saß die barmherzige Schwester im Schatten der Lampe, und strickte eifrigst an Strümpfen für Arme, wobei sie gewöhnlich ihre eben so einförmigen Gebete zu murmeln pflegte. Seit der alte Tabaret im Zimmer war, hafteten ihre erstaunten Blicke auf ihm; sie hörte Dinge besprechen, deren Sinn sie vergeblich zu erfassen suchte. Verschiedene Aeußerungen, die sie in diesem Hause schon vernommen, kamen ihr bedenklich vor und fielen ihr auf das Herz. Hier war ein Sohn und eine Mutter, die aber nicht die wirkliche Mutter sein sollte, und ein wirklicher Sohn sollte eines Mordes angeklagt sein? War es auch vielleicht eine Sünde, unter solchen Verhältnissen zu bleiben? Sie nahm sich vor, den Pfarrer, sobald er käme, darüber zu befragen.

„Lieber Herr Tabaret, was will das sagen, ein gün-

ſtiges Vorurtheil? Darauf gebe ich gar Nichts. Die Menge
iſt thöricht und verblendet, ſie wäre im Stande, einen
armen Teufel zu ſteinigen, der ganz unſchuldig iſt, nur
weil er nicht verſtand, ihr Intereſſe zu wecken, und nimmt
ſich oft auf das Heißeſte des überwieſenen Verbrechers an,
der durch ſeine Verſtocktheit ihr imponirt. Wenn Albert
der Prozeß gemacht werden ſollte, ſo werde ich mich zu
ſeinem Vertheidiger aufwerfen. Ich ſagte es bereits meinem
Vater, dem Grafen Commarin, daß ich ſein Advokat wer=
den und ihn retten will."

Der gute kleine Mann wäre Noel am liebſten um
den Hals gefallen. Wie gern hätte er zu ihm geſagt: „Wir
Beide wollen ihn retten." Doch bezw... z er ſich. Um kei=
nen Preis wollte er Noel's Achtung verſcherzen, und ſeine
Theilnahme in dem Kriminalprozeß erſt dann offenbaren,
wenn ſie Albert's wegen unumgänglich nöthig wäre. Für
jetzt äußerte er ſich nur beifällig über den edeln Entſchluß
ſeines Schützlings.

„Sie haben ein vortreffliches Herz, ich freue mich
darüber. Faſt fürchtete ich, Reichthum und Rang möchte
Sie verderben — ich bitte Ihnen den Irrthum ab. Sie
werden der Verſuchung tapfer widerſtehen. Aber ſagen Sie
mir doch, ſprachen Sie ſchon mit Ihrem Vater, dem
Grafen?"

Ein Seitenblick machte Noel die barmherzige Schwe=
ſter bemerklich, die mit ruhenden Händen und groß offenen
Augen jedes Wort begierig aufzufangen ſchien. Sein Wink
machte auch Tabaret aufmerkſam auf ſie.

„Ich sprach mit ihm, und Alles ist nach Wunsch geordnet. Ich werde Ihnen das später ausführlich erzählen, wenn wir ruhiger geworden sind. An diesem Schmerzens= lager schäme ich mich fast meines Glückes.“

Gern oder ungern mußte Tabaret mit dieser kurzen Auskunft zufrieden sein.

Er sah wohl, daß heute Abend Nichts mehr zu er= reichen war, und entschuldigte sich daher mit großer Müdig= keit, die ihn nöthige, sich niederzulegen. Noel hielt ihn nicht zurück. Er sagte, daß er noch den Bruder der Madame Gerdy erwarte, den man bereits an mehreren Orten ver= gebens gesucht habe. Es sei ihm allerdings peinlich, diesem Bruder gegenüber zu stehen, gegen den er sich noch nicht recht zu verhalten wisse. Sollte er ihm Alles sagen? Das würde seinen Kummer nur größer machen. Andererseits sei ihm jede Verstellung zuwider.

Tabaret war der Meinung: es sei wohl besser, jetzt nicht davon zu sprechen, später werde sich Alles von selbst aufklären. Damit empfahl er sich.

„Er ist doch ein braver Junge!“ dachte er, als er sich so leise als möglich in sein Zimmer schlich. Er fürchtete den Zorn seiner Haushälterin nach so langer Abwesenheit vom Hause.

Sie war auch außer sich, und überfluthete den armen Mann mit Vorwürfen und Klagen, während sie sein Bett bereitete. Wie sie die ganze Nacht nicht geschlafen, wie sie auf jedes Geräusch gehorcht, und der Herr seine Gesund= heit, seine Reputation so leichtsinnig auf's Spiel setze.

Tabaret ließ den Sturm über sich ergehen, und er-
lauschte den günstigen Moment, wo sie den Rücken wandte,
um rasch hinter ihr die Thür abzuschließen.

Jetzt legte er sich auf sein Bett nieder, und nahm
abermals die Arbeit seiner Gedanken vor. Er beschloß einen
neuen Angriffsplan zu entwerfen, und ungesäumt in's Werk
zu setzen. Rasch überblickte er zuvor die Lage der Dinge.
In dem, was er an Ort und Stelle der Mordthat auf-
genommen und geschlossen hatte, lag der Irrthum nicht,
auch seine darauf basirten Folgerungen mußten richtig sein.
Der mußte der Schuldige sein, bei welchem sie alle ein-
trafen — aber das war Albert nicht.

„So geht es mit allen Gemeinplätzen,‘ dachte er,
‚sie nehmen unsern Verstand gefangen und führen uns
irre. Wenn ich meinen eigenen Eingebungen gefolgt wäre,
hätte ich den Fehler nicht begangen, auf einen Unschuldigen
aufmerksam zu machen.

„Der kriminalistische Grundsatz: ‚Man suche Den-
jenigen, dem das Verbrechen Vortheil bringen kann,‘ ist
auch nicht unfehlbar. Wenn der Mörder dem Ermordeten
Uhr und Börse abnimmt, so hat er doch sicher den gerin-
geren Vortheil während den Erben desselben der größere
zufällt.

„Drei Personen konnten ein Interesse am Tode der
Witwe Lerouge haben: Albert, Madame Gerdy und der
Graf Commarin. Albert ist der Schuldige nicht, das hat
er klar dargethan; Madame Gerdy auch nicht, die schon
die Nachricht von dem Verbrechen dem Tode nahe gebracht.

Bleibt noch der Graf — sollte er es sein? In diesem Falle hat er nicht selbst gehandelt, er hat einen Thäter gedungen, der noch dazu ein feiner Mann sein mußte.

„Diese vornehmen Leute haben aber keine Courage; sie betrügen und fälschen insgeheim, doch ein grobes Verbrechen wagen sie nicht. Nehmen wir aber an, der Graf hätte dennoch einen Tapfern unter seiner Clique aufgefunden — dann hätte er nur eine Mitschuldige beseitigt, sich aber dadurch einen gefährlicheren Zeugen verschafft. Eine solche Dummheit ist dem Grafen nicht zuzutrauen — also ist der Graf auch nicht in die Sache verwickelt.

„Wenn es der Witwe Lerouge so leicht gelang, die Kinder zu vertauschen, so hatte sie sich vielleicht schon öfter mit dergleichen kitzlichen Aufträgen befaßt. Wer weiß, ob nicht ein ganz Fremder nothwendig fand, sich ihrer zu entledigen? Es steckt Etwas dahinter, was ich nicht finden kann. Sicher scheint mir nur, daß sie nicht aus dem Grunde ermordet wurde, damit sie nicht gegen Noel zeugen könne. Dennoch mußte es ein ganz ähnlicher Grund sein, und der Thäter ein tüchtiger, erprobter Bösewicht. Auf Grund dieser Ueberzeugung muß ich weiter suchen. Vor allen Dingen brauche ich Nachrichten über das Vorleben der gefälligen Witwe, die ich wahrscheinlich schon morgen auf dem Gericht vorfinden werde."

Im Geiste erwog jetzt Tabaret die Chancen Albert's für und wider, die auf seinen Prozeß Einfluß haben konnten.

„Für ihn spricht jetzt Nichts — nur ich und der Zufall, das ist so viel wie Null. Die Beweise gegen ihn

ihn sind dagegen zahlreich. Doch darf man den Kopf noch
nicht hängen lassen. Ich habe sie selbst gesammelt, und
muß jetzt das Wort finden, das sie wieder löst. Albert hat
ein eigenes Mißgeschick. Er ist aber nicht der Erste, den
ein solches verfolgt. In der Geschichte mit dem armen
Schneider ging es noch ärger zu. Nachmittags hatte er
sich ein Messer gekauft; das zeigte er mehreren seiner Be-
kannten, und sagte: Das ist für meine Frau, sie ist eine
falsche Person und hält es mit meinen Gesellen.' Abends
hörten die Nachbarn heftigen Streit unter den Eheleuten,
Geschrei, Drohungen, Schläge, Fußtritte — endlich war
es plötzlich still. Am andern Morgen war der Schneider
aus seiner Wohnung verschwunden, und die Frau wurde
todt gefunden, dasselbe Messer stak bis zum Heft zwischen
den Schultern. Und trotz alledem hatte der Mann sie nicht
ermordet, sondern einer ihrer Liebhaber aus Eifersucht.
Was ist da noch zu sagen?

„Albert kann freilich nicht angeben, wo und wie er
den Abend zugebracht hat — aber was geht das uns im
Grunde an? Wenn es mir nur gelingt zu beweisen, daß
er nicht in La Jonchère war. Vielleicht ist Gevrol auf der
rechten Spur — ich wünsche es aus vollem Herzen! Wollte
Gott ihm dazu seinen Beistand leihen! Möchte er mich
doch nachher verspotten; meine Eitelkeit und thörichte Ein-
bildung hätten so geringe Strafe reichlich verdient. Was
gäbe ich nicht darum, Albert frei zu wissen — mein halbes
Vermögen wäre mir ein geringes Opfer. Wenn es mir
nicht gelänge ihn zu befreien! wenn Alles nur zum Unheil
ausschlagen sollte!'

Schaudernd legte sich Tabaret auf die Seite und schlief bald fest ein, doch hatte er einen entsetzlichen Traum.

Er sah sich inmitten einer drängenden, rohen Volks-masse, die auf dem Richtplatze versammelt war, der Hin-richtung Albert's beizuwohnen. Der Unglückliche stieg so eben mit auf den Rücken gebundenen Händen, mit herab-geschlagenem Halskragen die steilen Stufen zu dem Gerüste empor. Jetzt stand er oben und übersah aufrecht, festen, klaren Blickes die schreckenbange Menge. Da trafen die Augen des Verurtheilten auf ihn, er riß einen gefesselten Arm los, streckte ihn aus, und rief laut, auf Tabaret zeigend: „Der da ist schuld an meinem Tode!" Sogleich brach die Menge in allgemeines Murren aus, und fluchte dem Mörder. Er wollte fliehen, doch seine Füße hafteten am Boden, er wollte die Augen schließen, doch eine un-bekannte Macht zwang ihn, zu Albert aufzublicken, der abermals rief: „Ich bin unschuldig, ... ist der Thäter." Er sprach einen Namen aus, den die Menge wiederholt rief — nur er konnte ihn nicht verstehen, nicht behalten. Endlich fiel das Haupt des Verurtheilten ...

Hier fuhr der gute Mann mit lautem Schrei in die Höhe — er war in Schweiß gebadet. Er mußte sich erst ein Weilchen aufsetzen und besinnen, daß es wirklich nur ein Traum und er daheim in seinem Bette war.

Doch Träume üben oft einen stärkeren Einfluß auf die Stimmung, als wir ihnen zugestehen möchten. Tabaret war von dem seinen noch so betäubt, daß er sich vergebens bemühte, den Namen, den Albert ausgesprochen, seinem Gedächtnisse abzuringen. Als es nicht gelang, stand er auf, zündete ein Licht an, die Dunkelheit war ihm peinlich, sie spiegelte ihm schreckliche Bilder vor.

Schlafen konnte er doch nicht mehr. Die ausgestandene Angst überwältigte sein Gemüth, er bereute bitter, sich jemals zu seinem Vergnügen mit Nachforschungen abgegeben zu haben, die sich so schwer an ihm rächten.

Er schalt sich auf das härteste, daß er sich ohne Noth in so gefährliche Dinge überhaupt gemischt. „Ist das ein Geschäft für einen ruhigen, friedliebenden Bürger, für einen alternden Mann, der seine behagliche Existenz hat und allgemeiner Achtung genießt — das Alles leichtsinnig auf das Spiel zu setzen! Und der Narr ist noch stolz auf seine Thaten, bildet sich was ein auf seinen Scharfsinn, rühmt sich seiner feinen Witterung, und läßt sich bei dem lächerlichen Spitznamen „Feinnase" nennen! Ich bin ein alter Dummkopf! Was kann denn bei solchem Jagdhundsleben herauskommen? Alles mögliche Ungemach und die Verachtung seiner Freunde kann man sich zuziehen, ohne die Gefahr, einen Unschuldigen verdammen zu helfen. Warum ließ ich mich auch nicht warnen durch die Geschichte mit dem armen Schneider!"

Tabaret rief sich im Gedächtnisse seine kleinen Triumphe zurück, verglich sie mit der Angst, die er eben ausgestanden hatte — und verschwor sich hoch und theuer, Niemand sollte ihn mehr zu solchen gefährlichen Zerstreuungen verleiten — wenn nur erst Albert gerettet wäre. Er wollte jede dazu führende Verbindung abbrechen, und mit Polizei und Kriminal Nichts mehr zu thun haben.

Endlich brach der sehnlich erwartete Morgen an.

Tabaret kleidete sich so langsam als möglich an, um die Zeit hinzubringen, und verwendete alle mögliche Sorgfalt auf seine Toilette. Die Stunden verflossen so langsam, daß er immer meinte, seine Uhr sei stehen geblieben.

Er wollte doch nicht gar zu früh bei dem Untersuchungsrichter einfallen. Endlich, es war kaum acht Uhr, ließ er sich bei ihm anmelden, und um Entschuldigung bitten seines frühen Besuches wegen.

Daburon war jedoch schon bei der Arbeit. Lächelnd und mit gewohnter Güte begrüßte er seinen geheimen Agenten, und scherzte ein wenig über seine gestrige Exaltation.

„Ich hätte Sie nicht für so empfindsam gehalten! Ueber Nacht werden Sie sich wohl beruhigt haben. Sehen Sie jetzt ein, daß Sie gestern übertrieben, oder haben Sie etwa den wirklichen Thäter ertappt?"

Dieser scherzhafte Ton in dem Munde eines sonst so ernsten Mannes kränkte den kleinen Mann. Es lag darin im Voraus eine Nichtbeachtung dessen, was er vorbringen wollte. Dennoch setzte er ruhig und klar Alles auseinander, was er zu Albert's Gunsten sagen konnte.

Er sprach mit dem ganzen Ernste der ganzen Wärme seiner Ueberzeugung; bald zum Herzen, bald zum Verstande. Dennoch gelang es ihm nicht, den Richter von seiner fest gefaßten Ansicht abzubringen. Seine stärksten Gründe prallten ab, wie Brotküglein von einem eisernen Schilde.

Es konnte kaum anders sein. Tabaret stützte sich auf Annahmen, die eben so leicht zu widerlegen waren, Daburon's Ansicht beruhte auf Thatsachen, die sich nicht so leicht umstoßen ließen.

Tabaret erwartete auch kaum einen günstigeren Erfolg. Er erklärte ruhig, daß er für den Augenblick nicht weiter auf seiner Meinung bestehen wolle, daß er das größte Vertrauen zu der Unparteilichkeit des Richters habe, und nur gern gewarnt hätte vor einem Vorurtheil, das er leider selbst hervorgerufen.

Er beeilte sich zu neuen, sorgfältigen Nachforschungen, sagte er. Wußte man doch noch so gut wie Nichts von dem Leben und Treiben der Witwe Lerouge — was konnte sich durch solche Kenntniß nicht Alles enthüllen! Vielleicht wußte der Mann mit den Ohrringen, dem Gevrol nachspürte, Genaueres auszusagen. Tabaret biß in den saueren Apfel, und machte sich ganz klein Gevrol gegenüber, damit er nur sofort Alles erführe, was Jener etwa in Erfahrung bringen möchte. Schließlich brachte er noch die Bitte an, der Herr Richter möge ihm gestatten, mit Albert nur wenige Minuten allein sprechen zu dürfen.

Daburon schüttelte das Haupt zu diesem Begehren, und erklärte, der Angeklagte dürfe bis auf Weiteres mit Niemandem sprechen.

„Vielleicht ist es nach drei bis vier Tagen möglich, Ihrem Wunsche nachzukommen. Bis dahin müssen Sie Geduld haben."

„Ich empfinde Ihre abschlägige Antwort sehr schmerzlich, doch ich begreife sie und bescheide mich."

Tabaret entfernte sich eilig, denn er fürchtete seiner Aufregung nicht mehr Herr zu bleiben. Nach dem dringen=

den und innigen Wunsche, den Unschuldigen befreit zu sehen,
fühlte er eine kleine Rachelust gegen den eigensinnigen
Richter.

„Drei bis vier Tage," murmelte er unterwegs, „als
ob das nicht eine kleine Ewigkeit für den armen Gefangenen
wäre! Er hat gut reden, der Herr Richter! Gut, ich will
sie benutzen, um die Wahrheit an den Tag zu bringen."

Daburon setzte sich diese drei bis vier Tage als läng=
sten Termin, bis wohin er Albert ein Geständniß entlockt
haben, oder ihn wenigstens zum Reden gebracht haben
wollte.

Das Fatalste war ihm, daß kein einziger Zeuge auf=
gebracht werden konnte, der den Angeklagten am Abende
des Fastnachts-Dienstages gesehen hätte. Ein solches Zeug=
niß zu erwirken, schien ihm vor der Hand die wichtigste
Aufgabe.

Er traf deshalb sogleich die umfassendsten Anstalten
Fünf der gewandtesten Diener der Sicherheitspolizei wur=
den, mit photographirten Bildern von Albert, nach Bou=
gival abgeschickt. Sie hatten Auftrag, die ganze Strecke
zwischen der Station Rueil und La Jonchère auf das
Genaueste zu inspiziren, überall die Photographien umher
zu zeigen, und zu erforschen, ob nicht irgend Jemand dem
Original dieses Bildes auf dem Bahnhofe, der Straße
oder am Flusse irgend wo begegnet sei.

Nachdem er solche Maßregeln ergriffen, begab er sich
wieder in den Justizpalast, und ließ den Angeklagten holen.

Ein geheimer Rapport lag vor, zusammengesetzt aus
den Beobachtungen über den Gefangenen. Derselbe sollte

sich sehr ruhig verhalten haben, sich traurig, aber nicht
verzagt gezeigt, und keine besondere Aufregung verrathen
haben. Er hatte eine Stunde am Fenster gestanden, sich
dann niedergelegt und ruhig geschlafen.

„Er hat eine eiserne Natur!" dachte Daburon, als
der Angeklagte in sein Zimmer trat.

Sein Aeußeres zeigte nichts mehr von jener Nieder=
geschlagenheit, die ihn am Tage vorher Angesichts des
Richters übermannt hatte. Man sah ihm an, daß er dem,
was da kommen sollte, gefaßt entgegentrat, ob er nun
schuldig oder nicht schuldig war. Sein Gesicht trug den
Ausdruck, als habe er sich zu einem Opfer freiwillig ent=
schlossen, und wehre stolz die beleidigende Anklage ab. Ihn
konnte das Unglück wohl erschüttern, doch nicht darnieder=
werfen.

Der Richter sah wohl, daß er seinen Angriffsplan
ändern müsse, daß er es mit einem starken Charakter zu
thun habe, den Drohungen nicht einschüchtern, und Strenge
nur zum Widerstand auffordern könne. Er versuchte dem=
nach ihn zu rühren. Es ist wohl ein abgenützter Kunst=
griff, und dennoch hat er fast immer Erfolg, wie gewisse
Rühreffekte auf dem Theater. Der Verbrecher, der sich
gegen Gewalt und Strege mit Energie gewaffnet, erliegt
oft einer — wenn auch künstlichen — Theilnahme, gegen
die er sich nicht vertheidigen kann.

Das war nun eben recht Daburon's starke Seite.
Er wußte so eindringlich und milde, fast väterlich zu spre=
chen, von Ehre, Liebe und Familienbanden, wußte Saiten
anzuschlagen, die auch im verderbtesten Herzen noch einen

Klang haben. Wie oft hatte er auf diese Weise schon ein Geständniß herausgelockt!

Auch hier strebte er sich ganz in Albert's unglückliche Lage hineinzudenken — natürlich unter der Voraussetzung, daß er das Verbrechen wirklich begangen habe. Ihn übermannte selbst das Mitleid, als er bedachte, wie bei der plötzlichen Entdeckung seiner niedern Geburt Alles um ihn her in Trümmer sank, wie bei einem Falle aus solcher Höhe es begreiflich, ja fast verzeihlich war, daß ihn ein Augenblick der Verzweiflung, der Leidenschaft zu solcher Unthat hingerissen. Wie Vieles sprach nicht zu seiner Entschuldigung, und war nicht der erste und größere Verbrecher sein Vater, der die schreckliche Verwicklung hervorgerufen? Albert war in vieler Hinsicht nur das Opfer des Grafen, und als solches zu beklagen.

So sprach Daburon zu dem jungen Manne, erinnerte ihn an die zartesten Beziehungen, an das Glück seiner Kinderjahre, selbst an sein Verhältniß zu Claire d'Arlange, und redete ihm zu, Trost und Beistand eines theilnehmenden Herzens nicht von sich zu weisen, sich durch ein Wort das Gemüth zu erleichtern, und nicht in starrer Zurückgezogenheit zu beharren. Selbst sein äußeres Dasein würde sich dadurch günstiger gestalten, er würde die Annehmlichkeiten des Lebens und die Gesellschaft seiner Freunde nicht länger zu entbehren brauchen.

Daburon meinte, selbst das Herz eines verhärteten Bösewichts hätte sich erweichen lassen, hätte seiner gütigen Zusprache sich geöffnet — doch hier war seine Beredtsamkeit eben so vergeblich, als die des alten Tabaret dem

Richter gegenüber gewesen war. Albert schien von alledem
nicht im mindesten gerührt, und antwortete höchst lakonisch.
Er betheuerte, wie früher, seine Unschuld — und das war
Alles.

Noch ein schon oft gebrauchtes Mittel wurde in An=
wendung gebracht: Albert wurde noch an demselben Sams=
tage zu dem Leichnam der Witwe Lerouge geführt. Der
Anblick schien ihm allerdings einen Eindruck zu machen;
am Ende kann aber Niemand einem so schaudererregenden
Schauspiele gegenüber ganz gleichgiltig bleiben.

Einer der Umstehenden sagte:

„Wenn die Ermordete sprechen könnte!"

„Das wäre ein großes Glück für mich!" antwortete
Albert.

Alle Versuche Daburon's scheiterten, sein Angeklagter
blieb kalt und unbeweglich, und das brachte den Richter
schier zur Verzweiflung, der seiner Sache so sicher war.
Aergerlich gab er seinen väterlichen Ton ganz auf, und be=
fahl kurz, den Angeklagten in das Gefängniß zurückzu=
führen.

„Ich werde ihn schon noch zwingen, zu gestehen!"
brummte er vor sich hin.

Vielleicht bedauerte er doch in diesem Augenblicke,
daß man leider jene kleinen Instrumente nicht mehr an=
wenden kann, die vor hundert und mehr Jahren noch so
schnell ein Geständniß zuwege brachten. So schwer, meinte
er, hätte ihm noch kein Verbrecher seine Aufgabe gemacht.
Konnte er glauben, sich durch ein systematisches Verneinen
retten zu wollen?

Diese Hartnäckigkeit reizte den Richter auf's Aeußerste. Hätte Albert gestanden, so war er seines Mitleids gewiß — so aber betrachtete er ihn fast als seinen ärgsten Feind.

Der sonst so milde und umsichtige Richter war einmal auf den falschen Weg gerathen, und ging nun mit jedem Schritte noch weiter vom rechten ab. Albert mußte jetzt durchaus ein Verbrecher sein, um sein eigenes Verfahren in dieser Angelegenheit zu rechtfertigen. Er vergaß, daß er anfangs selbst in Zweifel gewesen, selbst ungern den Verhaftsbefehl ausgefertigt hatte — ihm schien jetzt die eigene Ehre auf dem Spiele zu stehen, und er ließ sich von seiner Aufregung fortreißen, wie er noch niemals in seinem Amte gethan.

Den ganzen Sonntag brauchte er zur Abhörung der Polizeimänner, die er nach Bougival auskundschaften geschickt hatte. Sie hatten sich alle Mühe gegeben, wie sie sagten; und doch wußten sie nichts Neues zu rapportiren.

Sie hatten wohl von einer Frau gehört, die den Mörder habe von der Witwe Lerouge fortgehen gesehen — doch Niemand konnte den Namen der Frau nennen oder sie näher bezeichnen.

Alle die Polizeimänner erzählten vom alten Tabaret, den sie alle gesehen und gesprochen hatten. Wo sie hinkamen, war er schon gewesen, er hatte mit seinem Wägelchen und seinem raschen Pferde die ganze Gegend abgefahren. Er hatte gegen sie geäußert:

„Warum zeigt Ihr denn überall die Photographie herum? Da werdet Ihr natürlich bald Leute finden, die Euch, um ein paar Francs zu verdienen, sagen werden,

3*

sie haben den und den gesehen, und Euch beschreiben, wie
er ausgesehen hat."

Einem andern der ausgesendeten Vertrauten hatte
Tabaret zugerufen:

„Sie sind wirklich naiv, daß Sie der Chaussee entlang Spuren suchen, wo Jedermann geht. Suchen Sie auf
Seitenwegen, und Sie werden finden."

Zwei Andere hatte er in einem Kaffeehause in Bougival getroffen, und ihnen heimlich gesagt:

„Ich bin auf der Spur des wahren Mörders — der
Spitzbube war schlau, er kam über Chatou hierher, auf
einem ganz ungewöhnlichen Wege. Drei Personen haben
ihn gesehen, zwei von der Eisenbahn und ein Dritter, der
sogar mit ihm sprach. Er rauchte."

Daburon gerieth in so heftigen Zorn über den alten
Tabaret, daß er auf der Stelle selbst nach Bougival fuhr,
um ihm das unerlaubte Handwerk zu legen, und ihn, im
Namen der Polizei, ein wenig auf die Finger zu klopfen —
doch war diese Reise ganz umsonst. Tabaret war sammt
seinem Pferd und Wägelchen verschwunden, nirgends zu
erfragen.

Müde und höchst unzufrieden mit sich selbst kehrte
der Untersuchungsrichter heim, und fand eine telegraphische
Depesche vor von seinem Chef der Sicherheitspolizei. Sie
sagte viel in wenig Worten.

„Rouen, Sonntag. Der Mann ist gefunden. Heute
Abend nach Paris abreisen. Kostbare Aussagen. Gevrol."

XV.

Am Montag Morgen machte sich Daburon eben fertig, um in den Justizpalast zu gehen, wo er Gevrol, seinen Mann mit den Ohrringen, vielleicht auch Tabaret zu finden hoffte — als sein Diener eine junge Dame anmeldete, die in Begleitung einer älteren Dame gekommen sei und ihn zu sprechen wünsche. Sie hatte ihren Namen nicht sagen wollen, und würde sich dazu nur entschließen, wenn sie auf keine andere Weise Zutritt bei dem Herrn Richter erlangen könne.

Daburon befahl, sie einzulassen.

Er dachte, das werde wohl irgend eine Verwandte eines andern Angeklagten sein, und beschloß, sie so rasch als möglich abzufertigen.

Er stand vor dem Kamine, und suchte dort unter einem Haufen von Visitenkarten eine Adresse. Er hörte wohl, wie die Thür aufging, wie ein seidenes Kleid hinter ihm rauschte, doch nahm er sich nicht die Mühe, den Kopf zu wenden, und warf nur einen gleichgiltigen Blick in den Spiegel. Doch erschreckt fuhr er zurück, als habe er einen Geist gesehen, ließ in seiner Verwirrung die kostbare Schale

fallen, worin die Karten lagen, daß sie in tausend Stücke
zerschlug, und stammelte:

„Claire — Claire!"

Er wandte sich um, als müsse er Gewißheit haben,
daß es nicht das Spiel einer trügerischen Einbildungskraft
sei — doch sie war es wirklich, Claire d'Arlange.

Welcher übermächtige Drang mochte wohl das junge,
schüchterne Kind vermögen, hier ihn, den Richter, aufzu=
suchen, allein ihm gegenüberzutreten — denn die Gouver=
nante, die sie hierher begleitet, war im Vorzimmer zurück=
geblieben.

Daburon sah sie staunend an — nie, selbst in ver=
gangenen, hoffnungsvollen Tagen, war sie ihm so schön
erschienen. Ihr Auge, sonst durch einen Anflug von Schwer=
muth verschleiert, leuchtete jetzt im Glanze eines festen
Entschlusses, einer heldenmüthigen Sicherheit.

Sie trat auf den Richter zu und reichte ihm die
Hand, mit bezaubernder, natürlicher Freundlichkeit, und
sagte, ihm bittend in die Augen sehend:

„Nicht wahr, wir sind noch gute Freunde?"

Der Richter wagte kaum die Hand zu berühren, die
sie ihm ohne Handschuh hinreichte, als fürchtete er die
Kämpfe vergangener Tage zu erneuern. Leise antwortete er:

„Ihr ergebener Diener, wie immer."

Fräulein von Arlange folgte des Richters stummer
Andeutung, und nahm in demselben Fauteuil Platz, wo
vor Kurzem Tabaret die Nothwendigkeit auseinandergesetzt,
Albert zu verhaften. Er blieb vor ihr stehen, auf seinen
Schreibtisch gestützt.

‚Sie wissen, weshalb ich komme?‘ fragte das junge Mädchen.

Er nickte.

Er errieth nur zu wohl, weshalb sie kam, und fragte sich im Stillen, wie er irgend einem Begehr von solchen Lippen widerstehen sollte. Aber was konnte sie wollen, was würde er ihr zu verweigern haben? Ach, wenn er das vorausgesehen hätte!

„Ich weiß nur, was gestern in der Wohnung Albert's vorgegangen ist; durch meine mir ergebene Schmidt erfuhr ich es. Ich verbrachte eine Nacht voll Angst und Schrecken. Seit ich erfuhr, daß sein Schicksal in Ihre Hände gelegt ist, beruhigte ich mich. Ich errieth, daß Sie sich um meinet=willen der beschwerlichen Untersuchung unterzogen — Sie sind die Güte selbst. Wie kann ich Ihnen jemals danken!"

Der Richter fühlte sich durch diesen Erguß der Dank=barkeit nicht wenig gedemüthigt. Anfangs hatte er freilich den Gedanken gehabt, für Claire sich zu opfern, doch dann kam Alles so ganz anders! Er senkte das Haupt, um ihrem hellen Auge nicht zu begegnen.

‚Danken Sie mir nicht, Fräulein,‘ stammelte er, ‚ich habe Ihren Dank in keiner Hinsicht verdient."

Claire war anfangs viel zu bewegt, um Daburon's Verlegenheit zu bemerken. Bei dem Tone seiner Antwort sah sie erstaunt auf, sie wußte nicht, wie sie ihn deuten sollte. Sie vermuthete, der Richter liebe sie noch immer, und ihre Gegenwart wecke allzu schmerzliche Erinnerungen. Verwirrt senkte sie den Blick, und sagte wehmüthig:

‚Ich betrachte es als ein Glück, daß Sie bei dieser

Angelegenheit betheiligt find. Wie hätte ich es wagen kön=
nen, einem Fremden bittend zu nahen, und was würde es
mir genützt haben? Sie aber, Sie waren mein Freund;
Sie wollten es bleiben, sagten Sie mir. Sie sind edel
und klar — wenn Sie sich des Unglücklichen annehmen,
werden Sie bald das Dunkel zerstreut haben, das über
ihn zu walten scheint — Sie werden ihm die Freiheit
wiedergeben. Denn — ich weiß nicht, wessen er angeklagt
ist — aber er kann nicht schuldig sein."

Claire sprach mit so siegesgewisser Ueberzeugung, als
sei es etwas Leichtes, Natürliches, was sie begehre, und
was ihr nicht abgeschlagen werden könne. Der Richter sah
sie schweigend, mit leisem Seufzer an. Er bewunderte das
kindliche Vertrauen, das unschuldvolle Wesen, unbekannt
mit allen Untiefen des Daseins. Er zögerte, die schönen
Hoffnungen durch sein kaltes Wort über den Haufen zu
werfen, er war ein guter Mensch von Vielen. Doch endlich
sagte er mit einer gewissen Befriedigung, die aus der
Erinnerung an erlittene Kränkung und Zurücksetzung her=
vorging:

„Ich muß Ihnen sagen, Fräulein, Albert ist n i c h t
unschuldig!"

Sie erhob sich halb und streckte abwehrend die Hand
aus.

„Ich sage Ihnen: er ist ein Verbrecher!"

„Nein, nein! Sie glauben es selbst nicht!"

„Doch, doch, Fräulein," entgegnete der Richter ernst,
„ich habe die moralische Gewißheit."

Claire sah den Richter erstarrt an. War er das selbst,

welche Veränderung war dann mit ihm vorgegangen! War das sein Ernst, oder trieb er ein grausames Spiel mit ihr? Sie schwankte in dem dunklen Reich der Möglichkeiten, so unbegreiflich erschien ihr, was sie vernahm.

Daburon sah beharrlich vor sich nieder, und sprach in bedauerndem Tone weiter:

„Ich beklage, daß ich das Werkzeug sein muß, Ihnen Schmerz zu bereiten. Doch erfahren Sie, was Ihnen nicht verborgen bleiben kann, aus dem Munde eines Freundes, und waffnen Sie sich mit Muth, das Unvermeidliche zu tragen. Leider ist hier von keinem Mißverständnisse die Rede, die Justiz weiß nur zu gut, wen sie beschuldigt. Der Vicomte Commarin ist eines Mordes angeklagt, und Alles, Alles spricht dafür, daß er ihn wirklich begangen hat.“

Daburon sagte das langsam, Satz für Satz — wie ein Arzt, der dem Kranken löffelweise den Trank eingibt, und inzwischen die Wirkung beobachtet. Er traute dem schüchternen, zartfühlenden Mädchen nicht die Kraft zu, eine solche Eröffnung unerschüttert zu ertragen, er versah sich eines Ausbruchs heftiger Verzweiflung — Thränen, Aufschreien, vielleicht gar eine Ohnmacht, wären ihm nicht unerwartet gekommen. Er nahm sich im Stillen schon vor, in solchem Falle das Fräulein Schmidt zur Hilfe herbeizurufen.

Nichts von alledem. Mit dunkelrothen Wangen und flammenden Augen stand Claire auf, ein Bild muthiger Entschlossenheit, und rief:

„Es ist falsch, und wer das sagt, hat gelogen. Er ist

kein Mörder, er kann kein Mörder sein. Und wenn er
selbst zu mir sagte: ‚Ich bin es!' so würde ich ihm noch
in das Gesicht sagen: „Es ist nicht wahr!'

‚Ich habe sein Geständniß noch nicht, doch es kann
nicht lange mehr ausbleiben. Und wenn er nicht gesteht,
so wird er dennoch überwiesen werden, denn die Beweise,
die gegen ihn vorliegen, sind unumstößlich.'

„Wenn auch," unterbrach ihn Claire mit tief beweg-
tem Tone, ‚ich wiederhole es Ihnen, daß Sie Alle sich
irren. Er ist unschuldig, mögen Sie Beweise haben, welche
Sie wollen. Und wenn Alle gegen ihn zeugen wollten, ich
allein träte ihnen entgegen, seiner Unschuld gewiß. Ich
kenne ihn besser, als er sich selbst kennt, darum glaube ich
an ihn, wie ich an Gott glaube, und würde eher an mir
selber zweifeln, als an ihm!'

Der Untersuchungsrichter wollte eine Einwendung
machen, doch Claire ließ ihn nicht zu Worte kommen.

„Ich sehe wohl, ich muß zu Ihnen sprechen, als
wären Sie meine Mutter, und Sie auf dem Grunde meiner Seele lesen lassen. Seit vier Jahren schon kennen und
lieben wir uns, seit vier Jahren lag seine Seele offen vor
mir, und wir tauschten Gedanken und Empfindungen mit
einander. Er lebte in mir, wie ich in ihm. Ich allein weiß,
wie er verdient geliebt zu werden; ich allein kenne die
Reinheit, die Größe, die Opferwilligkeit seiner Gesinnungen.
Ich sah ihn unglücklich, da noch die Welt sein Los be-
neidenswerth fand; denn er steht allein in der Welt, wie
ich, sein Vater hatte nie ein Herz für ihn. Wir fanden
Eines in des Andern Liebe die Kraft, unser Leid zu er-

tragen. Jetzt, da es überwunden ist, da uns Niemand mehr
trennen will, sollte Albert ein Verbrecher geworden sein —
hat das einen Sinn, einen Zweck?"

„Er erfuhr plötzlich, mein Fräulein, daß weder der
Name noch das Vermögen des Grafen Commarin sein
rechtmäßiges Eigenthum sei, und tödtete in der Verzweiflung
darüber die alte Frau, die Einzige, die bezeugen konnte,
daß er nicht der legitime Sohn sei."

„Abscheuliche, schamlose Verleumdung!" rief Claire
aus. „Ich weiß wohl, wie ihn der Sturz von solcher Höhe
ergriff, denn ich sprach selbst mit ihm darüber. Doch seine
Bekümmerniß darüber galt mir hauptsächlich, weil er
fürchtete, mir nun nicht mehr bieten zu können, was ich
wünschte und erwartete. Eitle Betrübniß! Welchen Werth
hätte ich wohl seiner Stellung und seinem Reichthum bei=
legen können, verdankte ich ihnen doch den größten Kummer
meines Lebens! Ich antwortete ihm in diesem Sinne, und
ihm fiel eine Last vom Herzen; er sagte: „Du liebst mich
noch, was kümmert mich das Uebrige?" Ich machte ihm
Vorwürfe, daß er an mir gezweifelt habe — darnach aber
soll er direkt eine arme, alte Person ermordet haben —
gehen Sie doch, das ist Unsinn."

Mit siegreichem Lächeln im Antlitze hielt Claire inne,
als wollte sie sagen: „Nicht wahr, Sie bekennen sich be=
siegt, darauf können Sie mir Nichts antworten?"

Doch das arme Kind sollte noch mehr geprüft wer=
den — Daburon vergaß, wie wehe er ihr that. Er mußte
sie überzeugen, und zugleich seine Handlungsweise vor sich
selbst rechtfertigen.

„Sie wissen nicht, welchen Schwankungen die mensch=
liche Natur unterworfen ist — besonders in der Noth.
Erst wenn wir Etwas verlieren sollen, durchdringt uns
das ganze Gefühl dessen, was es uns werth war. Können
Sie wissen, welcher Versuchung der Vicomte erlag, nach=
dem er Sie verlassen hatte? wie weit ihn Verzweiflung
und Wahn vom rechten Wege fortrissen?"

Claire d'Arlange wurde schreckenbleich. Der Richter
hatte seinen Zweck erreicht, und den Zweifel in dies ver=
trauensvolle Gemüth geworfen.

„Er müßte den Verstand verloren haben!" flüsterte sie.

„Das ist ja möglich — aber das Verbrechen selbst
weist den sorgfältigsten Vorbedacht nach. Es ist besser, Sie
zweifeln — glauben Sie mir. Erwarten Sie mit stiller
Ergebung das Ende der unglücklichen Affaire. Hören Sie
meinen Rath, wie eines Vaters Stimme — Sie sagten
ja selbst, daß Sie mir, wie einem Vater, vertrauen könn=
ten. Schweigen Sie gegen Jedermann, verbergen Sie Ihren
gerechten Kummer, es möchte Sie später gereuen, ihn ge=
zeigt zu haben. Sie waren zu jung, zu unberathen, keine
Mutter stand Ihnen zur Seite, Sie liebten und täuschten
sich, wie es schon so oft geschehen . . ."

„Nein, nein!" protestirte Claire. „Ach, auch Sie
sprechen wie die kalte, egoistische Welt, die ich hasse und
verachte."

„Armes Kind!" fuhr Daburon trotz seines Mitleids
unbarmherzig fort; „es ist die erste bittere Täuschung
Ihres Lebens. Wenige mag sie so hart treffen, und Wenige
würden sie mit solchem Muthe ertragen. Doch Sie sind

noch so jung, Sie werden sich wieder aufrichten, und ein
neues Leben beginnen. Jede noch so tiefe Wunde im Ge-
müthe heilt mit der Zeit."

Claire war so betäubt von dem Gehörten, die Gedanken schwirrten bunt durcheinander in ihrem Kopfe, so
daß sie des Richters Rede nur wie fernes Gemurmel vernahm, und fragte:

„Ich verstand nicht recht — was rathen Sie mir
eigentlich?"

„Ich gebe Ihnen den einzigen vernunftgemäßen Rath,
der meiner Theilnahme für Sie entspricht: Waffnen Sie
sich mit Muth, mit christlicher Ergebung, und machen Sie
Ihr Herz los von einem Unwürdigen, der Ihrer Liebe nie
werth war. Beten Sie, weinen Sie Ihren Schmerz aus,
und suchen Sie zu vergessen."

Der Richter hielt inne, als er Claire ansah — sie
sah bleich zum Erschrecken aus; doch hielt sie immer tapfer
Stand, und sagte leise:

„Sie sagten so eben, Albert könne das Verbrechen
nur in einem Anfalle von Geistesverwirrung begangen
haben."

„Ich nehme das als wahrscheinlich an."

„Dann kann er auch nicht als schuldig gelten, wenn
er unzurechnungsfähig war."

Der Richter vergaß, was er einst über seine eigene
Unzurechnungsfähigkeit gedacht hatte, und sprach:

„Gott wird richten, er sieht in das Herz. Uns ziemt
es, das Verbrechen, das begangen ist, zu untersuchen und
zu bestrafen. Leicht kann seine Strafe gemildert werden,

ja es ist möglich, daß er ganz frei ausgeht, wenn solche Milderungsgründe in die Wagschale der Gerechtigkeit fallen — aber was hilft das Ihnen? Er ist und bleibt ein Mörder, und hat für dieses Leben den Schandfleck auf sich. Hier bleibt Ihnen nichts als Ergebung in Gottes Willen übrig."

Mit flammenden, vorwurfsvollen Blicken sah Fräulein d'Arlange zu dem Richter auf.

„Sie wollen also, daß ich ihn verlassen soll, da er im Unglück ist, wie alle seine andern Freunde zerstieben? Die Klugheit spricht so, und die kalten Menschen fliehen stets den Unglücklichen — doch ein Frauenherz harrt bei ihm aus, ihn zu trösten und zu stützen, wie elend, wie gesunken er auch sei.'

Der Richter bereute, diese Exaltation hervorgerufen zu haben — vergebens suchte er Claire zu unterbrechen, sie steigerte sich noch in den folgenden Worten:

„Ich war nur schüchtern — Sie hielten mich vielleicht für feig, und ich wäre es, wollte ich jetzt Albert verleugnen, den ich unter Allen gewählt. Nie werde ich sagen: „ich kenne den Menschen nicht.' Er wollte sein Glück, seinen Reichthum, sein Ansehen mit mir theilen — ich will jetzt sein Unglück, seine Schande theilen, und seine Last mit ihm tragen. Was ihn trifft, soll auch mich treffen. Sie sagen, ich solle vergessen — könnte ich das, auch wenn ich wollte? Und ich will es nicht. Ich liebe ihn, und kann eben so gut meinem Herzen gebieten, es solle nicht mehr schlagen, als es solle nicht mehr lieben. Je tiefer ich ihn beklagen muß, je dringender bedarf er meiner Liebe, ihn wieder aufzurichten. Ich gehöre ihm an, und werde ihm folgen, wohin es auch sei."

Daburon barg sein Antlitz in den Händen, damit Claire die Aufregung nicht sehen sollte, die diese Aeußerungen in ihm wachriefen. Wie heiß sie ihn liebt! klagte es in seinem Innern. Er litt alle Qualen der Eifersucht.

Wie selig hätte ihn eine so rücksichtslose, aufopfernde Leidenschaft gemacht, mit welcher Hingebung hätte er sie erwiedert! Wie heiß sehnte sich seine Seele darnach — und er fand keine Erwiederung! Achtung, Respekt konnte ihm Niemand versagen, nur Liebe fand er nicht. War er ihrer nicht werth? Warum muß so mancher Edle arm und ungeliebt durch das Leben gehen, indeß oft niederen Naturen, die den gemeinsten Leidenschaften erliegen, eine geheime Macht innezuwohnen scheint, edle weibliche Wesen an sich zu ziehen, zu fesseln und zu den größten Opfern zu vermögen! Wohnt denn den Frauen gar keine Unterscheidungskraft bei?

Claire's Schweigen brachte den Richter wieder zu sich. Er sah sie an. Erschöpft lehnte sie in seinem Fauteuil, und sah so leidend aus, daß Daburon es für besser hielt, Jemanden herbeizurufen. Sobald er jedoch die Glocke berühren wollte, fragte Claire:

„Was wollen Sie thun?"

„Ich wollte — Sie sehen so leidend aus . . ."

„Mir fehlt nichts. Wenn ich Ihnen auch schwach erscheine, ich fühle mich stärker als je, um Albert's Ehre aufrecht zu erhalten. Wohl empfinde ich heftigeren Schmerz als ich noch für möglich gehalten, und achte deshalb auch der Scham und Zurückhaltung nicht, die jedem Mädchen so natürlich ist. Ich ließ Sie offen in mein Herz sehen — um seinetwillen sprach ich zu Ihnen von dem Heiligthum unserer Gefühle. Ihn vertheidigen wäre eine Beleidigung für seinen Charakter; es liegt mir nur ob, ihn zu recht= fertigen, ihn unwürdigem Verdacht zu entziehen. Gott wird mir dazu helfen."

Jetzt erhob sich Claire d'Arlange, als wolle sie gehen. Daburon hielt sie durch einen Wink zurück.

Festgerannt in seine Ansichten, meinte er, es sei ge= rathen, den Schleier der Täuschung mit einem Male zu zerreißen, das arme, junge Mädchen abzuhalten, sich selber in der üblen Affaire noch zu kompromittiren. Er kam sich wie ein Chirurg vor, der einen Schnitt in die Wunde gethan hat, und die heilsame Operation zu Ende bringen muß, ob er auch dem Kranken für den Augenblick Schmer= zen verursachen müsse.

„Es ist schmerzlich für mich . . ." fing er an.

Claire unterbrach ihn.

„Sprechen Sie nicht weiter, Herr Richter, Sie pre= digen tauben Ohren. Ich kann leider auf Ihre unglückliche Ansicht nicht einwirken, und bitte Sie nur um einige Rück= sicht auf die meine. Wenn Sie wahrhaft mein Freund wären, so würde ich zu Ihnen sagen: „Helfen Sie mir, das gute Werk auszuführen, dem ich mich gewidmet habe." Sie wollen mir Ihren Beistand nicht leihen, ich sehe es wohl."

Dem armen Richter sollte kein Schmerz erspart blei= ben, mußte er doch jetzt sehen, daß Claire sich in das Lager seiner Feinde schlug und ihn bereits als Gegner behandelte. Sie kämpfte jetzt mit derselben Logik gegen Daburon, wie zuvor der kleine Tabaret, und das mit um so größerer Macht, als sie ein Weib war — nicht mit kaltem Blute, mit Gründen, sondern mit aller Macht der wärmsten Empfindung, des unerschütterlichsten Glaubens.

Daburon fühlte wohl den Stich, er ward von den widersprechendsten Empfindungen hin und her gerissen — und gerade dadurch entging ihm die natürliche, leidenschafts= lose Auffassung der Dinge. Seit drei Tagen schon lebte er in einer Aufregung, die ihn ganz um seine gewohnte Ruhe und Milde gebracht. Er, sonst der Erste, der geneigt war, einen Angeklagten für unschuldig zu halten, bestritt hier hartnäckig die Möglichkeit eines Irrthums.

„Wenn Sie die Beweise kennen würden, die ich in Händen habe," sagte er mit angenommener Ruhe und Kälte, „so sprächen Sie gewiß nicht mehr für die Unschuld des Verbrechers."

„Nennen Sie sie mir," sagte Claire herausfordernd.

„Wenn Sie es wünschen, so bin ich bereit dazu; Sie wissen, daß Sie Alles von mir verlangen können. Doch wozu diese Aufzählung? Einer dieser Beweise sagt schon genug. Der Mord ist am Abende des Fastnacht=Dienstags begangen worden, und der Angeklagte außer Stande, sich auszuweisen, wo und womit er diesen Abend hingebracht. Er war außer dem Hause, so viel steht fest, und kehrte erst um zwei Uhr Morgens dahin zurück, und zwar mit zerrissenen und beschmutzten Kleidern, so wie mit zerkratzten Handschuhen."

„Ich weiß genug,“ unterbrach ihn Claire, deren Augen unvermuthet von innerem Glücke leuchteten. „Am Abende des Faſtnacht-Dienſtags war es, ſagten Sie?“

„Ja, mein Fräulein.“

„Ach, ich wußte es ja, ich ſagte es Ihnen ja gleich, daß er nicht ſchuldig ſein kann!“

Sie faltete in der Freude ihres Herzens die Hände, und ein Dankgebet ſchwebte auf ihren Lippen, als ſie ihre Augen zum Himmel erhob.

Trotzdem Claire wahrhaft bewundernswerth anzu-ſchauen war, hatte doch Daburon diesmal keine Augen für ihre Schönheit. Er begriff ſie nicht mehr, und fragte ungeduldig:

„Was meinen Sie eigentlich?“

„Wenn das Ihr ſtärkſter Beweisgrund iſt, Herr Richter, ſo bin ich im Stande, ihn zu vernichten. Albert war den ganzen Abend, den Sie meinen, bei mir.“

„Bei Ihnen?“ ſtammelte der Richter.

„Ja, bei mir zu Hauſe.“

Der Richter verſtummte — er wußte nicht mehr, ob er wache oder träume. Endlich rief er:

„Der Vicomte war bei Ihnen? Ihre Großmama, Ihre Gouvernante, die Dienſtboten ſahen ihn, ſprachen mit ihm?“

„Das nicht. Er kam heimlich zu mir und entfernte ſich ungeſehen, er wollte mich allein und ungeſtört ſprechen.“

„Ach ſo!“

Jetzt ſah der Richter wieder Land.

Er meinte sich jetzt Alles erklären zu können: er glaubte, Claire wolle ihn retten, selbst um den Preis ihres guten Rufes. Er bedauerte das arme Kind, das sich so nutzlos opfern wollte.

Fräulein d'Arlange legte sich dieses „Ach so!" ganz anders aus. Sie glaubte, der Richter table sie, Albert insgeheim empfangen zu haben, und sagte:

„Ihr Erstaunen ist eine Beleidigung für mich."

„Mein Fräulein!"

„Ein Mädchen von ernstem Charakter, wie ich, darf ungescheut ihren Verlobten allein sehen, ohne vor irgend Jemandem deshalb erröthen zu müssen!"

Dabei war sie dunkelroth vor Erregung. Sie haßte den Richter in diesem Augenblicke.

„Ich habe nicht im Entferntesten an etwas Beleidigendes gedacht, wie Sie glauben. Ich begreife nur nicht, weshalb der Vicomte Sie heimlich besuchte, da er doch als Bräutigam das Recht hatte, Sie ungenirt zu jeder Stunde zu sehen. Und weiter sehe ich nicht ein, wie durch diesen Besuch seine Kleider in den Zustand gerathen konnten, in welchem sie gefunden worden sind."

„Das heißt mit anderen Worten: Sie glauben mir nicht!"

„Unter solchen Verhältnissen, mein Fräulein . . ."

„Sie halten mich für eine Lügnerin, Herr Richter. Glauben Sie mir, wir würden uns nicht zu rechtfertigen suchen, wenn wir uns schuldig fühlten, wir sind nicht gewohnt um Gnade zu betteln."

Claire's stolzer, abweisender Ton beleidigte den Rich-

4*

ter. Wie kränkend sie ihn behandelte! Und das nur, weil
er sich nicht von ihr hinter's Licht führen lassen wollte.

„Vor Allem müssen Sie bedenken, mein Fräulein,
daß ich als Richter bestimmte Pflichten zu erfüllen habe.
Ein Verbrechen ist begangen worden, Alles deutet mir auf
den Vicomte Commarin als Thäter hin — folglich lasse
ich ihn verhaften. Ich schreite zum Verhör und sammle
die gegen ihn vorliegenden Beweise. Da kommen Sie und
sagen: sie sind falsch — das ist aber noch keine Wider-
legung. So lange Sie zu mir als Freund sprachen, sollten
Sie mich theilnehmend und ergeben finden, fordern Sie
aber den Richter in mir heraus, so sagt er Ihnen kalt:
liefern Sie Beweise.“

„Ich versichere Ihnen bei Allem, was heilig ist . . .“

„Nur Beweise gelten.“

Claire stand langsam auf, und sah den Richter erstaunt und mißtrauisch an.

„Freut es Sie denn, wenn Albert ein Verbrecher
ist? Möchten Sie ihn gern verurtheilen? Hassen Sie den
Angeklagten, dessen Schicksal in Ihren Händen ruht? Fast
scheint es mir so. Gewiß, Sie sind hier nicht unparteiisch.
Eine Erinnerung aus früherer Zeit fällt schwer zu seinem
Nachtheil in die Wage, Sie verfolgen einen Nebenbuhler
mit der Strenge des Gesetzes.“

„Das ist zu viel, zu viel!“

„Wir stehen uns unter eigenthümlichen Verhältnissen
gegenüber. Einst haben Sie mir Ihre Liebe gestanden, sie
schien mir aufrichtig und tief empfunden — das ergriff
mich. Ich mußte Sie mit Bedauern zurückweisen, weil ich

schon längst einen Anderen liebte. Jetzt ist dieser Andere eines Mordes angeklagt, Sie sind sein Richter, und ich stehe zwischen Ihnen Beiden, und bitte für ihn um Schonung. Da Sie sein Richter wurden, meinte ich, Sie wollten für ihn wirken, und nun sind Sie gegen ihn!"

Jedes Wort, was Claire sprach, gab Daburon einen neuen Stich in das Herz. Er kannte sie nicht mehr. Woher nahm sie die Kühnheit, so zu sprechen, und wie konnte sie alle seine verwundbaren Stellen wissen, um ihn da zu treffen!

„Der Schmerz führt Sie zu weit, mein Fräulein. Was Sie da sagten, kann ich nur Ihnen verzeihen. Sie werden ungerecht aus Unkenntniß der Dinge. Wenn Sie glauben, daß Albert's Schicksal nur von meinem Willen abhängt, so irren Sie sich. Was hilft das, wenn Sie auch mich überzeugen, und nicht die Andern. Ich kann Ihnen glauben, denn ich kenne Sie. Doch den Andern gegenüber hat Ihr Zeugniß kein Gewicht, wenn Sie etwas so Unwahrscheinliches erzählen."

Thränen glänzten in Claire's Augen.

„Verzeihen Sie, wenn ich Sie beleidigt habe, das Unglück macht hart."

„Sie können mich nicht beleidigen; ich sagte Ihnen schon, daß Sie über mich gebieten können."

„Wenn das ist, so helfen Sie mir, damit ich beweisen kann, daß ich die Wahrheit gesagt habe. Ich will Ihnen Alles erzählen."

Daburon war überzeugt, daß Claire ihn täuschen

wolle, bei alledem erstaunte er über die Sicherheit, mit der sie ihre Behauptungen aufstellte.

„Was für ein Märchen wird sie mir jetzt auftischen!" dachte er.

„Sie wissen, welche Hindernisse anfangs meiner Verbindung mit Albert entgegenstanden: der Graf Commarin wollte mich nicht zur Schwiegertochter, weil ich kein Vermögen besitze. Fünf Jahre lang suchte Albert den Widerstand seines Vaters zu besiegen, bis es ihm endlich gelang. Zweimal hatte er schon seine Einwilligung gegeben, und nahm sie immer wieder zurück, unter dem Vorwande, sie sei ihm abgedrungen worden. Endlich gab er freiwillig sein Wort, das ist jetzt vier Wochen her.

„Meine Großmutter fand sich jedoch durch dieses Zögern, diese ungern gegebene Einwilligung sehr beleidigt. Sie kennen ja ihren reizbaren Charakter, und in diesem Falle konnte ich ihr nicht ganz Unrecht geben, kurzum sie wollte sich durchaus nicht den Anschein geben, als strebe sie eine so ansehnliche Versorgung zu befördern, und bestimmte, daß bis zu unserer öffentlichen Verlobung Albert mich nur jeden zweiten Tag, höchstens auf zwei Stunden, Nachmittags in ihrer Gegenwart besuchen dürfe. Von diesem Beschlusse brachte sie Nichts ab.

„So lagen die Dinge, als ich am Sonntag Vormittag ein Billet von Albert erhielt. Er benachrichtigte mich, daß ernste Angelegenheiten ihn verhinderten zu kommen, obgleich sein Tag war. Mir ahnte nichts Gutes. Am andern Morgen erwartete ich ihn voll Angst und Unruhe, als sein Kammerdiener dem Fräulein Schmidt einen Brief für mich brachte. Albert bat mich darin auf's Dringendste, ihm eine geheime Zusammenkunft zu gestatten, er sagte, daß er sich ohne Zeugen mit mir aussprechen müsse. Unsere Zukunft hänge davon ab. Die Wahl der Stunde und des Ortes überließ er mir, und empfahl mir nur, mit Niemandem davon zu sprechen.

„Ich antwortete ihm unverzüglich, daß er am Dienstag Abend an der kleinen Hinterthür des Gartens sich einfinden möge, die in eine einsame Gasse mündet. Mit dem Schlage neun Uhr sollte er anklopfen. Ich hoffte, unbeachtet mich mit einer Entschuldigung zurückziehen zu können, da an diesem Abende meine Großmutter mehrere Freundinnen geladen hatte. Fräulein Schmidt, dachte ich, würde sie bei sich zurückhalten ...“

„Verzeihen Sie, daß ich Sie unterbreche, doch sagen Sie mir, an welchem Tage schrieben Sie an den Vicomte?“

„Am Fastnachts-Dienstag.“

„Können Sie mir nicht die Stunde angeben?“

„Zwischen zwei und drei Uhr schickte ich den Brief ab.“

„Ich danke, Fräulein, bitte erzählen Sie weiter.“

„Alles traf ein, wie ich vorausgesehen hatte, ich war allein und konnte kurz vor der bestimmten Zeit in den Garten hinabgehen. Ich hatte mir auch den Schlüssel zu der kleinen Hinterthür zu verschaffen gewußt, und eilte, ihn zu versuchen. Vergebene Mühe! Er wollte sich nicht umdrehen lassen, das Schloß war zu sehr verrostet: Vergebens strengte ich alle Kräfte an, und erreichte Nichts. Indeß schlug es neun Uhr, und Albert klopfte an. Ich erzählte ihm mein Mißgeschick, und warf ihm den Schlüssel

über die Mauer, damit er sein Heil versuche. Aber auch
er konnte nicht öffnen. Ich bat ihn, die Zusammenkunft
bis zum nächsten Morgen zu verschieben, doch er entgegnete,
daß er die Mauer überklettern wolle. Ich fürchtete ein
Unglück, und bat ihn, davon abzustehen. Die Mauer ist
hoch, oben mit Glassplittern gespickt, und mit Zweigen
der Akazien dicht überwachsen. Doch er spottete meiner
Angst, und sagte, wenn ich nicht ausdrücklich dagegen wäre,
wollte er versuchen, herüber zu klettern. Ich wagte nicht
mich zu widersetzen, und er erstieg die Mauer, gewandt
wie er ist, ohne große Schwierigkeit. Wir setzten uns zuerst auf die kleine Bank vor dem Bosquet, die Sie kennen;
dann, weil es regnete, flüchteten wir uns in die Laube.
Albert wollte mit mir die Veränderung besprechen, die
ihm bevorstand. Als er mich verließ, war Mitternacht schon
vorüber, er war beruhigt und fast heiter geworden. Er
entfernte sich auf demselben Wege, nur etwas bequemer,
denn ich bestand darauf, daß er sich der Leiter des Gärt-
ners bediene, die ich längs der Mauer niederlegte, als er
drüben war."

Diese Erzählung, die Claire in der ungezwungensten
Weise vorbrachte, brachte den Richter aus dem Konzept.
Was sollte er nun glauben?

„Hatte der Regen schon begonnen, als der Vicomte
über die Mauer stieg?"

„Nein, noch nicht. Als wir auf der Bank saßen, fielen
die ersten Tropfen; das weiß ich noch genau, weil Albert
seinen Regenschirm über uns Beide hielt, und ich an Paul
und Virginie denken mußte."

„Entschuldigen Sie mich einige Minuten."

Der Richter setzte sich an seinen Schreibtisch und schrieb sehr schnell zwei Billets.

Das erste enthielt den Befehl, Albert sogleich in den Justizpalast, in sein Zimmer, zu führen.

Das zweite war ein Auftrag an einen geheimen Agenten der Polizei. Derselbe sollte sogleich zu dem Hause der Marquise d'Arlange gehen, die Mauer des Gartens untersuchen, und die etwaigen Spuren einer dort statt- gefundenen Uebersteigung konstatiren. Die Mauer mußte zweimal überklettert worden sein; einmal v o r, einmal n a ch dem Regen, darnach mußten sich die verschiedenen Spuren vorfinden.

Dem Vertrauten wurde bedeutet, daß er mit der größten Vorsicht vorzugehen habe, und einen plausibeln Vorwand bei der Untersuchung anzubringen.

Während der Richter noch schrieb, läutete er schon, und gab dem Diener, bis er erschien und er die An- weisung dazu gegeben hatte, die beiden Briefe.

„Diese Briefe tragen Sie augenblicklich zu Herrn Constant; er soll sie lesen, und unverzüglich ausführen, was darin steht. Laufen Sie, nehmen Sie einen Wagen, nur rasch."

Daburon wandte sich jetzt wieder an Claire.

„Haben Sie vielleicht den Brief noch, worin der Vicomte Sie um die Zusammenkunft bat?"

„Ja, ich glaube sogar, ich habe ihn bei mir."

Sie stand auf und suchte in ihrer Tasche, bis sie ein

zerknittertes Briefchen hervorzog und es Daburon hinreichte.

Der Untersuchungsrichter nahm es, und wieder kam
ihm ein Zweifel. Dieser Brief fand sich doch sehr zur
rechten Zeit in Claire's Tasche vor ... Er überflog rasch
die wenigen Zeilen, und murmelte:

„Kein Datum, kein Stempel, gar Nichts."

Claire hörte nicht auf ihn, sie zersann sich den Kopf
um Beweise der Zusammenkunft. Plötzlich sagte sie:

„Man glaubt sich oft ganz unbeobachtet, und täuscht
sich. So wäre es ja möglich, daß einer der Leute meiner
Großmutter den Vicomte gesehen hatte, wollen Sie nur
dieselben befragen."

„Ihre Leute? Wie, das wünschten Sie?"

„Wenn Albert nur frei wird, was liegt mir daran,
wenn die Leute Uebles reden."

„Das Mädchen ist ungemein entschlossen, ob sie
nun die Wahrheit sagt oder nicht," dachte der Richter.
Er mußte am Besten, wie verändert sie gegen früher erschien.

„Albert muß auch noch den Schlüssel zu der Hinterthür haben, er gab mir ihn nicht zurück, wir dachten nicht
mehr daran. Wahrscheinlich hat er ihn aufgehoben, und
muß unter seinen Sachen gefunden werden können."

„Ich werde die Nachsuchung anordnen."

„Ich weiß noch ein Mittel: lassen Sie die Mauer
untersuchen ..."

Wie sie an Alles dachte!

„Es ist schon ein Auftrag deshalb unterwegs; natür=
lich eine geheime Sendung."

Claire stand auf, ihr Auge strahlte vor Hoffnung,
sie reichte dem Richter die Hand.

„Dank, tausend Dank, jetzt sehe ich, daß Sie für
uns sind. Doch mir fällt ein, Albert muß meinen Brief
vom Dienstage auch noch haben."

„Nein, Fräulein, er verbrannte ihn."

Claire wich ein wenig zurück, sie meinte Ironie aus
des Richters Worten zu hören. Doch dieser erinnerte sich
nur einfach, daß Albert am Dienstag Nachmittag einen
Brief in den Ofen geworfen habe — das mußte Claire's
Brief gewesen sein. Ihr galt dann auch die Aeußerung:
„Sie kann mir nicht widerstehen."

„Wie konnte nur der Vicomte," sagte er endlich, „mich
in einem so gefährlichen Irrthum belassen, wenn es doch
so einfach war, die ganze Geschichte zu erzählen!"

„Er wollte sich lieber selbst in Gefahr bringen, als
meinen Ruf einer Mißdeutung aussetzen. Doch rechnete er
sicher auf mich."

Dagegen ließ sich Nichts sagen, allerdings wurde da=
durch Manches erklärlich.

„Es ist nothwendig, mein Fräulein, daß Sie Ihre
Aussage in Gegenwart meines Schreibers wiederholen,
welcher sie niederschreiben wird, und Sie schließlich das
Ganze unterzeichnen."

„Ich bin mit Freuden dazu bereit, was könnte mir
schwer fallen, wenn ich denke, daß er gefangen ist! Ich
war auch im Voraus entschlossen, die Wahrheit ungescheut

zu reden, selbst vor zahlreicher Gerichtsversammlung. Man wird mich vielleicht tadeln, als eine Romanheldin betrachten, doch was liegt mir an der Meinung der Welt, da ich Albert's Liebe besitze!"

Sie richtete ihren Mantel, ihren Hut zum Gehen.

„Soll ich warten, bis die Leute wieder kommen, die Sie zur Untersuchung der Mauer abschickten?"

„Das ist nicht nöthig."

„Jetzt bleibt mir nur noch eine Bitte übrig," — sie fügte die Hände zusammen und sah ihn flehend an — „daß Sie Albert aus dem Gefängnisse entlassen!"

„Sobald es sein kann, soll es geschehen, darauf gebe ich Ihnen mein Wort."

„Bester Herr Daburon, heute noch, gleich geben Sie ihn frei. Lassen Sie sich erbitten, Sie sehen ja, daß er unschuldig ist. Sie waren immer so gut — soll ich Sie auf den Knieen bitten?"

Der Richter kam eben noch zurecht, sie zurückzuhalten.

Wie schmerzlich war ihm das Alles — wie beneidete er das Los dieses Gefangenen!

„Sie verlangen Unmögliches," sagte er dumpf. „Wenn es nur von mir abhinge, ich würde Sie gewiß nicht ungerührt weinen lassen."

Wirklich entschlüpfte Claire, die bisher so tapfer war, ein Schluchzen.

„Ach, daß ich Nichts vermag für ihn! Großer Gott, verleihe mir die Kraft, der Menschen Herzen zu rühren! Wem soll ich mich denn zu Füßen werfen, für ihn um Gnade zu flehen!"

Sie stutzte bei dem Wort, das sie selbst ausgesprochen.

„Nein, er bedarf der Gnade nicht. Warum bin ich nur ein Weib! Kann ich denn keinen Mann auffinden, der mir beisteht? Doch ja, ich weiß einen, der Albert Hilfe schuldet, denn er selbst stürzte ihn in diese Noth. Der Graf Commarin! Er ist sein Vater und läßt ihn ohne Beistand! Ich will ihn erinnern, daß er einen Sohn hat."

Der Richter wollte Claire hinaus begleiten, doch sie entfernte sich ohne Umsehen und zog die gute Gouvernante mit sich fort.

Daburon warf sich erschöpft in einen Fauteuil; in seinen Augen glänzten Thränen.

„Welch' ein Mädchen! Ich wußte wohl, welch' ein ungewöhnlicher Charakter sie ist, ich überschätzte sie nicht!"

Er fühlte, daß er den Schmerz nie verwinden werde, sie verloren zu haben.

Mitten in seinen Betrachtungen durchfuhr ihn ein Gedanke wie ein Blitz.

„Sollte es auch eine Komödie gewesen sein?

„Nein, nein — aber man konnte sie selbst hintergangen haben, zu einem Kunstgriff mißbraucht — dann wäre Tabaret's Voraussage eingetroffen, und ein unwiderlegliches Alibi doch noch zu Tage gekommen.

„Wie sollte er dieses Alibi Lügen strafen, wenn die getäuschte Claire selbst als Zeugin dafür auftrat? Wie einen so geschickt berechneten Plan zerstören, dessen Entwicklung der Angeklagte mit untergeschlagenen Armen erwarten konnte?

„Aber die Erzählung war so genau, so klar — wenn Albert endlich d o ch unschuldig wäre?"

Der Richter sah sich in ein Gewirr von Möglich= keiten verstrickt, aus dem er keinen Ausweg fand.

Plötzlich erhob er sich und sagte laut:

„Vorwärts, zum Justizpalast, dort wird sich Alles aufklären."

XVI.

Daburon erschrak über Claire's Besuch — doch der Graf Commarin fast noch mehr, als der Kammerdiener ihm in das Ohr flüsterte, Fräulein d'Arlange ersuche ihn um einige Augenblicke Gehör.

Daburon hatte im Schreck eine kostbare Schale fallen lassen, und der Graf, der eben bei Tische saß, ließ das Messer auf den Teller fallen. Wie der Richter, sagte auch er:

„Claire — Claire?"

Er hatte geringe Lust, sie zu empfangen, denn er fürchtete einen unangenehmen Auftritt. Sie konnte keine besondere Liebe für den empfinden, der sie so lange von sich gestoßen. Was wollte sie von ihm? Wahrscheinlich sich Albert's wegen erkundigen — was sollte er darauf sagen?

Da würde es wahrscheinlich eine Ohnmacht oder so Etwas geben, und seine Verdauung war gestört.

Dann fiel ihm doch ein, wie tiefen Kummer die Arme empfinden müsse, und daß er ihr, die seinem Hause angehören soll, doch einige Rücksicht schuldig sei. Er gab

Befehl, sie in den kleinen Salon zu führen, und begab sich selbst dahin, da sein Appetit doch schon gestört war. Er machte sich auf das Unangenehmste gefaßt.

Als er eintrat, empfing ihn Claire mit einer tiefen, ehrfurchtsvollen Verbeugung, die sie von ihrer Großmutter gelernt, und sagte:

„Herr Graf . . .'

Er unterbrach sie, und ging direkt auf das Ziel los, um desto eher fertig zu werden.

„Armes Kind, Sie kommen gewiß um Nachrichten über jenen Unglücklichen?"

„Nein, Herr Graf, ich will Ihnen selbst welche bringen. Sie wissen, daß er unschuldig ist?"

Der Graf sah sie bedenklich an; er fürchtete, der Schmerz habe ihren Verstand gestört.

„Ich zweifelte nie an seiner Unschuld, doch jetzt habe ich Beweise dafür."

„Wissen Sie wohl, was Sie behaupten?'

Der Graf machte ein mißtrauisches Gesicht.

Fräulein d'Arlange errieth seine Gedanken. Ihr Gespräch mit Daburon gab ihr Erfahrung.

„Ich behaupte Nichts, was sich nicht bestätigen ließe. Ich komme so eben von dem Untersuchungsrichter, Herrn Daburon, der ein guter Freund meiner Großmutter war, und er selbst ist nach dem, was ich ihm erzählt, überzeugt, daß Albert nicht schuldig ist.'

„Er sagte Ihnen das? Mein Kind, ist das wirklich wahr, täuschen Sie sich nicht?"

„Nein, Herr Graf. Ich sagte ihm, was Albert in

wahrhaft adeligem Sinne hartnäckig verschwieg, daß der
Vicomte die ganze späte Abendzeit, während welcher das
Verbrechen begangen wurde, mit mir in dem Garten meiner Großmutter zubrachte. Er hatte mich um eine Zusammenkunft ohne Zeugen gebeten, und ich . . ."

„Aber Ihr Wort allein kann nicht genügen!"

„Es sind Beweise vorhanden, und das Gericht hat
sie jetzt schon in Händen."

„Ist's möglich! Großer Gott!" rief der Graf außer sich.

„Ach, Herr Graf, auch Sie glaubten, wie der Richter,
das Unmögliche! Sie, sein Vater, mißtrauten ihm! Sie
kennen ihn also nicht! Sie überließen ihn seinem Schick-
sale, ohne ihn zu vertheidigen! Ich habe keinen Augenblick
gezweifelt!"

Wie gern glaubt man, was man von ganzer Seele
wünscht! Der Graf war leicht zu überzeugen, er fragte
nicht nach Gründen, und gab sich Claire's frohen Hoffnungen ohne Rückhalt hin.

Die Sicherheit des Richters hatte ihn überwältigt,
er hatte sein Haupt gebeugt, das Unwahrscheinliche ge-
glaubt. Das Wort des jungen Mädchens riß ihn aus
seiner dumpfen Betäubung. Albert unschuldig! Der Gedanke erquickte seine Seele wie himmlischer Thau, Claire
erschien ihm eine Botin des Glücks.

In dieser Unglückszeit war ihm erst klar geworden,
wie doch sein Herz an Albert hing, wie innig er ihn liebte,
trotzdem er oft peinliche Zweifel gehegt, ob er auch wirklich
sein Sohn sei. Wie lastete der Gedanke auf seiner Seele,
daß er ein Verbrecher sei, daß ihn eine entehrende Strafe

erwarte! Jetzt war er unschuldig! Die Schande fiel weg, der Kriminalprozeß, der Name Commarin sollte unbefleckt bleiben!

„Wird er denn auf freien Fuß gesetzt werden?"

„Ach, das ist es eben, warum ich den Richter so inständig bat! Doch er entgegnete mir, nicht er allein habe zu bestimmen, und könne über Albert's Schicksal frei verfügen; deshalb kam ich zu Ihnen, Ihren Beistand zu erlangen."

„Kann ich Etwas dazu thun?"

„Ich hoffe wenigstens. Ich weiß freilich nicht, an wen man sich wenden muß, ich kenne ja Niemanden. Sie aber, als Vater, werden gewiß Mittel und Wege zu finden wissen."

„Ja, ja; ich will keine Minute verlieren."

Der sonst so thätige, fast unruhige Mann hatte sich in einer gänzlichen Unthätigkeit gehen lassen, seit Alles um ihn her zu versinken schien, sein ganzes Wesen war gelähmt. Claire's Stimme war ihm ein Ruf zu neuem Leben geworden — er fand seine alte Lebendigkeit wieder.

„Vorwärts!" rief er — doch plötzlich blieb er mit Stirnrunzeln stehen.

„Aber an wen soll ich mich wenden? Wenn es noch wäre wie früher, so würde ich zum Könige gehen — aber Euer Kaiser selbst vermag sich nicht über das Gesetz zu erheben, er wäre im Stande, mir zu sagen: ,Warten Sie ab, was das Gericht entscheidet!' Warten, wo Albert in Todesangst die Minuten zählt!'

„Lassen Sie uns immerhin den Versuch machen,

suchen wir Minister, Generäle — was weiß ich wen —
auf! Führen Sie mich nur hin, ich will reden, und Sie
werden sehen, ob wir nicht Etwas erreichen!"

Der Graf nahm eine von Claire's kleinen Händen,
und drückte sie mit väterlicher Zärtlichkeit.

„Wackeres Mädchen! Sie sind in der That ein wackeres
und muthiges Mädchen! Ich kannte Sie nicht! Ja, Sie
sollen meine Tochter sein, Sie sollen mit Albert glücklich
werden! Aber wir können uns auf keinen Fall so ohne
allen Anhalt hineinstürzen, wir müssen uns an einen Advokaten wenden, an Jemanden, der die Gerichte kennt —
halt, jetzt weiß ich es — Noel!"

Claire sah den Grafen mit ihren hellen Augen verwundert an.

„Er ist mein Sohn," erwiederte der Graf verlegen,
„Albert's Bruder, ein ehrenhafter, gediegener Mensch."

Er wiederholte Daburon's Aeußerung ohne Weiteres.

„Er ist Advokat und kann uns die rechten Wege
weisen."

Der Name schien Claire nicht zu gefallen, der Graf
bemerkte es.

„Sorgen Sie nicht, liebes Kind, Noel ist ein braver
Mann, der Albert liebt. Sie glauben mir nicht — Noel
sagte mir selbst, daß er an Albert's Schuld nicht glauben
könne, er erklärte, daß er sein Vertheidiger werden und
sein Möglichstes thun wolle, den unglückseligen Irrthum
aufzulösen."

Claire antwortete nicht, dennoch schienen ihre Zweifel
nicht beseitigt.

5 *

„Wir wollen ihn holen laſſen, er iſt bei Albert's Mutter, die ihn erzogen hat, und jetzt im Sterben liegt."

„Albert's Mutter?"

„Ja, mein Kind. Albert wird Ihnen das Räthſel löſen. Jetzt drängt die Zeit. Doch da fällt mir ein . . ."

Er hielt plötzlich inne; er dachte, ſtatt Noel holen zu laſſen, könnte er ihn ſelbſt aufſuchen, und ſo Valerie wieder ſehen, was er ſchon ſo lange erſehnt!

Oft treibt uns das Herz zu einem Schritt, den wir doch nicht ausführen, weil uns hundert kleine Bedenken abhalten. Unter Wünſchen und Kämpfen laſſen wir die Zeit hingehen, bis wir endlich eine geringfügige Urſache ergreifen, um den Schritt vor uns ſelbſt zu rechtfertigen. Wir ſagen dann: das Schickſal wollte es.

„Es wäre am Beſten, wir gingen ſelbſt zu Noel."

„So laſſen Sie uns gehen."

„Ich weiß nur nicht, mein Kind, ob ich Sie mitnehmen ſoll, die Schicklichkeit verbietet . . ."

„Ei was, hier handelt es ſich nicht um ſolche Aeußerlichkeiten. Mit Ihnen kann ich überall hingehen. Meine Erklärungen ſind ja unbedingt nothwendig. Die Schmidt kann meine Großmutter benachrichtigen, und mich dann hier erwarten. Ich bin bereit."

Der Graf läutete mit Vehemenz, und rief:

„Anſpannen!"

Er ließ es ſich nicht nehmen, Claire an ſeinem Arme die Freitreppe hinab zu geleiten, der Edelmann aus der alten Schule ließ ſich nicht verleugnen. Er hob Claire in den Wagen, und ſagte, indem er ſich ſelbſt hineinſchwang:

„Rue Saint-Lazare, aber schnell!"

Wenn der Graf beim Einsteigen sagte: „schnell!" so konnten die Vorübergehenden sich nur in Acht nehmen. Doch der Kutscher, ein geschickter Mann, war schnell und ohne Unfall zur Stelle.

Der Graf ging langsam die Stiege hinauf, und hielt sich am Geländer, die Gemüthsbewegung nahm ihm fast den Athem. S i e sollte er wieder sehen — Valerie!

„Herr Gerdy zu Hause?"

Der Advokat war so eben ausgegangen. Das Mädchen wußte nicht zu sagen wohin; doch versicherte sie, er werde in einer halben Stunde zurückkehren.

„Wir wollen ihn erwarten," sagte der Graf, und ging mit Claire auf den Salon zu, dessen Thür das Mädchen offen hielt. Noel hatte ihr allerdings ausdrücklich verboten, Jemanden einzulassen, doch der Graf hatte etwas so Imponirendes in seinem Wesen, daß sie sich zu widersetzen vergaß.

Im Salon trafen sie noch drei Personen: den Pfarrer des Kirchspiels, den Arzt und einen Offizier der Ehrenlegion, einen stattlichen, hochgewachsenen Mann. Alle Drei standen am Kamin und sprachen miteinander, und die Ankunft der Fremden schien sie nicht wenig in Erstaunen zu setzen.

Sie erwiederten die Begrüßung der Fremden, und sahen einander fragend an, doch nach kurzem Zögern bot der Offizier Claire einen Fauteuil an.

„Entschuldigen Sie, meine Herren, wenn ich störe,"

sagte der Graf. „Ich habe dringend mit Herrn Gerdy zu sprechen, ich bin der Graf Commarin."

Bei diesem Namen ließ der Offizier die Lehne des Fauteuils los, auf die er sich gestützt, und richtete sich hoch auf. Ein Zornesblitz leuchtete aus seinen Augen, er machte eine drohende Bewegung, seine Lippen bewegten sich, als wolle er reden — doch er bezwang sich, und ging gesenkten Hauptes dem Fenster zu.

Der Graf und die beiden Herren bemerkten den Vorgang nicht, nur Claire entging er nicht. Sie setzte sich bestürzt nieder, und der Graf trat zu dem Geistlichen, leise fragend:

„Wie befindet sich Madame Gerdy?"

Der Doktor hatte die Frage gehört, und trat lebhaft hinzu. Ihm war es gelegen, ein Gespräch mit einer so bedeutenden Persönlichkeit anzufangen.

„Sie wird wahrscheinlich den Tag nicht überleben."

Der Graf hielt seine Hand an die Stirn, als fühle er dort einen Schmerz. Nach kurzem Schweigen fragte er wieder:

„Ist sie wieder zu sich gekommen?"

„Nein, Herr Graf. Seit gestern Abend hat sich ihr Zustand sehr verändert. Sie war sehr unruhig die ganze Nacht, und phantasirte mitunter furchtbar. Seit einer Stunde hielt ich es für möglich, daß der Verstand noch einmal wiederkehren könne, und schickte deshalb nach dem Herrn Pfarrer."

„Leider werde ich hier Nichts helfen können," sagte der Pfarrer, „sie ist ganz von Sinnen. Die arme Frau!

Ich kenne sie seit zehn Jahren, und besuchte sie fast jede Woche einmal — sie war eine vortreffliche Frau."

„Sie muß viel Schmerz leiden," sagte der Doktor.

Fast im selben Augenblicke hörten sie dumpfe Schmerzenstöne aus dem Nebenzimmer, dessen Thür offen geblieben war.

„Hören Sie!" sagte der Graf, am ganzen Körper zitternd.

Claire sah auf, ein dunkles Vorgefühl von Unglück lastete auf ihr. Sie stand auf und trat zu dem Grafen.

„Ist sie in diesem Zimmer?" fragte der Graf.

„Ja," sagte der Offizier kurz, und trat ihm entgegen.

Der Graf hatte nur für Eines Sinn und Gefühl — ihm war, als wäre er erst gestern zum letzten Male hier gewesen. Der Ton des alten Soldaten fiel ihm nicht auf, er sah ihn nicht einmal an, und sagte nur fast schüchtern:

„Ich möchte sie gern sehen."

„Das ist unmöglich," entgegnete der Offizier.

„Warum?"

„Lassen Sie sie wenigstens in Frieden sterben, Herr Graf."

Der Graf wich zurück, als habe er einen Stich erhalten, sah den Offizier an, und senkte die Augen, wie ein Verbrecher vor dem Richter.

„Warum sollte der Herr Graf die Kranke nicht sehen?" fragte der Arzt. „Sie wird Ihre Anwesenheit nicht einmal bemerken, und wenn auch . . ."

„Sie bemerkt Nichts," bestätigte der Pfarrer, „ich

war so eben bei ihr, nahm ihre Hand und sprach zu ihr, doch sie blieb unbeweglich."

Der Offizier dachte nach, und sagte endlich:

„Gehen Sie, vielleicht ist es Gottes Wille."

Der Graf trat schwankenden Schrittes in das Kranken= zimmer, der Arzt und der Geistliche folgten ihm nach, Claire und der alte Offizier blieben an der Schwelle stehen, dem Bett gegenüber.

Mitten im Zimmer blieb der Graf stehen, er konnte nicht weiter. Starr blieben seine Blicke auf die Sterbende gerichtet — sie war so verändert, daß er sie nicht erkannte. In seiner Erinnerung lebte die Jugendgeliebte, die schöne Valerie, aber dieses von Leid durchfurchte, von Krankheit entstellte Angesicht, war sie es?

Sie erkannte ihn, oder vielmehr sie fühlte seine Nähe. Sie erhob sich plötzlich, wie galvanisirt, entblößte die Schul= tern und die mageren Arme, warf mit einem Ruck den Eisumschlag von ihrem Kopfe, schüttelte ihr noch immer reiches Haar zurück, und rief:

„Guy — Guy!"

Der Graf erbebte bis in das Innerste. Er stand un= beweglich, wie vom Blitz getroffen.

Es war wunderbar anzusehen, wie das Antlitz der Kranken seine Narrheit verlor, eine himmlische Freude in ihren Zügen aufleuchtete, und ihre Augen unendliche Liebe ausstrahlten.

„Guy," sagte sie ergreifend milde, „endlich, endlich kommst Du! Wie lange schon erwarte ich Dich! Du kannst es nicht wissen, wie schmerzlich ich Dich entbehrte. Ich wäre schon längst gestorben, wenn mich nicht die Hoffnung am Leben erhielt, Dich noch einmal zu sehen. Wer hielt Dich ferne von mir, wer? Deine Verwandten? Die bösen Leute! Warum sagtest Du ihnen nicht, daß Niemand auf dieser Erde Dich so sehr liebt, als ich! — Nein, nein, jetzt erinnere ich mich, es war etwas Anderes. Ich weiß, daß Du mich im Zorn verließest; Deine Freunde wollten Dich von mir trennen, sie sagten Dir, ich habe Dir die Treue gebrochen. Hatte ich Jemanden so schwer beleidigt, daß er mich haßte? Sie beneideten mich — wir waren so glücklich! Doch Du glaubtest ihr nicht, der elenden Ver- leumdung, denn endlich bist Du da!"

Die Nonne war auch hinzugetreten, und blickte starr vor Erstaunen die Kranke an.

„Ich Dich verrathen — wer hätte das glauben kön- nen! Ich bin Dein Eigenthum, ein Theil von Deinem Wesen. Du bist mir Alles, ein Anderer könnte mir Nichts sein, mir Nichts gewähren. Ich war Dein mit Leib und Seele vom ersten Tage unserer Bekanntschaft an, ich fühlte, daß ich für Dich geschaffen war. Denkst Du noch daran, Guy?

„Ich arbeitete für ein Spitzengeschäft; Du sagtest mir, Du studirtest, und seiest nicht eben reich. Ich glaubte, Du beraubest Dich, um mir zu geben. Du richtetest uns eine kleine Dachwohnung ein — o wie reizend sah sie aus, als wir sie selbst mit der Tapete mit Rosenknospen tapezirt atten!

„Aus dem Fenster sah man auf die Bäume der Tuilerien hinab, und wenn man sich ein wenig vorbog, konute man unter dem Brückenbogen durch die Sonne untergehen sehen.

„Das war eine schöne Zeit! Als wir eines Sonntags zum ersten Male mit einander auf das Land gehen wollten, brachtest Du mir ein schönes Kleid, schöner als ich je zu wünschen gewagt, und kleine, reizende Stiefelchen, die mir zu schön zum Ausgehen vorkamen.

‚Du hattest mich getäuscht, Du warst kein armer Student. Einst, als ich meine Arbeit forttrug, sah ich Dich vorüberfahren in einer prächtigen Equipage, mit gold= verbrämten Lakaien hintenauf — kaum traute ich meinen Augen! Am Abend sagtest Du mir die Wahrheit, daß Du von Adel seiest und unermeßlich reich. Ach, hättest Du lieber geschwiegen!"

Fantasirte die Arme, oder war sie bei Bewußtsein?

Große Thränen rollten über die Wangen des altern= den Mannes, und der Arzt und der Geistliche waren von dem Anblicke des weinenden Alten ergriffen.

Noch vor Kurzem hielt der Graf sein Herz für todt, und jetzt, beim Klange dieser ergreifenden Stimme, durch= bebten ihn die leidenschaftlichen Empfindungen der Jugend. Wie viel Jahre waren seitdem vergangen! Die Kranke sprach weiter.

‚Jetzt mußte ich auf Deinen Wunsch unser liebes Zimmer verlassen und eine glänzende Wohnung beziehen — ich that es mit heimlichem Seufzen. Ich sollte einer vor= nehmen Dame gleichen, ich mußte Unterricht nehmen, denn ich war so unwissend, daß ich kaum meinen Namen schrei= ben konnte. Weißt Du noch, wie herzlich Du über meinen

erſten Brief lachteſt? Ach, Guy, wäreſt Du doch wirklich
ein armer Student geweſen! Mein harmloſes Vertrauen,
meine ſorgloſe Fröhlichkeit waren dahin, ſeit ich erfuhr,
daß Du reich biſt. Wenn Du glauben könnteſt, daß ich
Dich Deines Reichthumes wegen liebe!

„Ich glaube gern, daß ſo reiche Leute, wie Du, ſel-
ten oder nie ganz glücklich ſein können, ſie ſehen überall
Eigennutz und Falſchheit darin, wenn ſich ihnen Jemand
nähert. Dadurch werden ſie mißtrauiſch, hartherzig und
gleichgiltig. Einziger Freund, wären wir in unſerem Dach-
ſtübchen geblieben, dort waren wir ſo glücklich. Hätteſt Du
mich gelaſſen, wo Du mich fandeſt! Die Menſchen können
Andere nicht glücklich ſehen, wir hätten unſer Glück wie
ein Verbrechen verbergen ſollen. Du rühmteſt Dich unſeres
Glücks, unſerer Liebe, Du hörteſt nicht auf meine Bitten!

„Bald erfuhr die ganze Stadt, daß ich Deine Geliebte war, und man ſprach öffentlich von den Summen,
die Du für mich verwendeſt. Du freuteſt Dich über das
Aufſehen, das meine Schönheit machte, ich weinte im
Stillen, daß meine Schande ſo öffentlich wurde. Selbſt in
Zeitungen ſtand mein Name, als einer von jenen Mädchen,
die ſich ein Gewerbe daraus machen, die Männer zu den
größten Thorheiten zu veranlaſſen. Endlich erfuhr ich abermals durch die Zeitung, daß Du Dich verheiraten wol-
leſt — ich Unglückliche! jetzt war meine Pflicht, Dir den
Abſchied zu geben, und mir fehlte der Muth dazu.

„Ich duldete feig die demüthigendſte und verbrecheriſche
Theilung der Liebe, denn Du warſt verheiratet und ich
blieb doch Deine Geliebte. Wie bebte mein Herz bei dem

Gedanken, daß Du einem edlen, jungen Mädchen Liebe
und Treue geschworen! Seitdem mich dann das schwerste
Leid getroffen, und Du mich verlassen hast, sagte ich mir
oft: das hast Du verdient, weil Du seine Geliebte bliebst,
und die arme Frau vor Kummer starb. Ich sah sie nur
ein einziges Mal, doch aus ihren Augen sprach die Liebe
für Dich, Guy, und unsere Liebe hat sie getödtet."

Sie hielt erschöpft inne, doch keiner der Anwesenden
wagte sich zu rühren. Sie hörten andächtig zu, mit tiefer
Aufregung — sie warteten.

Claire d'Arlange hatte nicht die Kraft, aufrecht zu
bleiben, sie war auf ihre Knie gesunken, und preßte ihr
Taschentuch vor den Mund, um ihr Schluchzen zu ersticken.
Es war ja Albert's Mutter!

Nur die Nonne blieb ungerührt, der tiefere Sinn
dieses Auftritts entging ihr ganz und gar. Sie hatte noch
viel ärgere Fieberfantasien erlebt, und meinte bei sich:

„Sind die Leute närrisch, so dummem Zeug so an=
dächtig zuzuhören."

Sie glaubte die Verständigste von Allen zu sein, und
trat zum Bett, um die Kranke zu nöthigen, sich wieder
unter ihre Decken zu legen.

„Jetzt geben Sie aber Ruhe, und lassen Sie sich
wieder zudecken, sonst erkälten Sie sich."

„Halt, Schwester!" mahnten der Arzt und der Geist=
liche leise.

„Gottes Donner!" rief der alte Offizier; „laßt sie
doch ausreden!"

Die Kranke bemerkte nichts von dem, was um sie her vorging, sie sprach wieder.

„Wer sagte Dir denn, ich sei treulos? Die Gottlosen! Sie spionirten um mich her, und entdeckten, daß zuweilen ein Offizier mich besuche. Der Offizier war mein Bruder, mein lieber Louis! Als meine Mutter noch lebte und er achtzehn Jahr war, und keine Arbeit fand ging er zum Militär, damit ein Esser weniger zu Hause wäre. Er war ein tüchtiger Mensch, erwarb sich bald das Vertrauen seiner Vorgesetzten, lernte mit Fleiß und Ausdauer, und stieg ziemlich schnell auf. Er wurde Lieutenant, Hauptmann, endlich Major. Er liebte mich von Herzen, und wäre er in Paris geblieben, ich wäre nicht gefallen. Aber unsere Mutter starb, ich blieb allein, ganz allein in der großen Stadt. Er war Unteroffizier, als er erfuhr, daß ich einen Geliebten habe, und zürnte mir deshalb so sehr, daß ich fürchten mußte, ihn nie mehr zu sehen. Endlich verzieh er mir doch, und sagte, daß Treue noch die einzige Entschuldigung eines solchen Fehlers sei. Er war eifersüchtiger als Du selbst, auf Deine Ehre, mein Freund.

„Er kam zu mir, doch insgeheim, ich selbst hatte ihn in die üble Lage versetzt, daß er sich seiner Schwester schämen mußte. Sollte ein Offizier seines Ranges sich nachsagen lassen, daß seine Schwester sich von einem Grafen unterhalten lasse?

„Ich traf die umfassendsten Vorkehrungen, daß mein Bruder nicht bei mir gesehen werde — ach, was half mir das? Es wurde die Ursache Deines Mißtrauens. Mein Bruder wollte Dich fordern, als er erfuhr, daß es hieß, ich betrüge Dich — dann mußte ich ihm begreiflich machen, daß er nicht einmal das Recht habe, mich zu vertheidigen. Welcher Jammer! Wie theuer mußte ich die Jahre des Glücks bezahlen! Doch Du bist wieder da, und Alles ist vergessen. Nun glaubst Du mir, nicht wahr, mein Guy? Ich schreibe an Louis, er wird kommen, Dir bestätigen, was ich Dir sagte, und dann zweifelst Du nicht mehr!"

„Mein Ehrenwort,“ sagte der alte Soldat, „meine Schwester spricht die Wahrheit.“

Die Sterbende vernahm seine Rede nicht. Athemlos fuhr sie mit schwacher Stimme fort:

„Wie glücklich mich Deine Gegenwart macht! Ich fühle, daß ich zu neuem Leben erwache. Ich war krank. Komm' her, küsse mich, wenn ich auch heute nicht hübsch bin.“

Sie streckte die Arme aus ...

„Doch mein Kind, Guy, mußt Du mir lassen. Ich bitte Dich, ich flehe Dich bei Allem, was Dir heilig ist, nimm es mir nicht! Was ist eine Mutter ohne ihr Kind! Du willst ihm einen berühmten Namen, ein großes Vermögen geben — ach, thu' es nicht! Du sagst, es sei zu seinem Glücke, nein, ich lasse mein Kind nicht. Welche Schätze können dem Kinde die liebende Mutter ersetzen! Du willst mir dafür das Kind der andern geben, und sie sollte meinen Sohn umarmen, nein, nein, das ist unmöglich, nimm das fremde Kind fort, es ist mir entsetzlich, ich will mein eigenes Kind. Du drohst mir mit Deinem Zorn, Du willst mich verlassen, aber bedenke doch, wenn ich Dir nachgäbe, müßte ich vor Kummer sterben. Guy, lasse den

unglückseligen Plan fallen, der Gedanke schon ist ver=
brecherisch. Wie, Du willst nicht, weder Bitten noch Thrä=
nen erweichen Dich? Nimm Dich in Acht, die Strafe wird
nicht ausbleiben, und kommt sie erst im Alter. Einst wer=
den unsere Kinder Rechenschaft von uns fordern, sie wer=
den uns fluchen! Guy, ich sehe in die Zukunft. Ich sehe
meinen Sohn in gerechtem Zorne mir nahen. Was er
Alles von mir will, großer Gott! Ach, diese unglückseligen
Briefe, das theure Andenken an unsere Liebe! Wie schreck=
lich ist mein Sohn! Er droht mir — er schlägt mich!
Kommt mir zu Hilfe! Der Sohn schlägt die eigene Mut=
ter! Sagt es nur Niemandem! Gott, Gott, wie muß ich
leiden! Er weiß recht gut, daß ich seine Mutter bin, und
thut so, als ob er es nicht glaube. Heiland, es ist zu viel!
Guy, verzeihe mir, mein einziger Freund — ich kann Dir
nicht entgegen sein, und doch auch nicht gehorchen."

In diesem Augenblicke ging die andere Thür des
Zimmers auf, die auf den Gang mündete, und Noel trat
ein, bleich und ruhig wie gewöhnlich.

Die Kranke erblickte ihn, und es durchzuckte sie wie
ein elektrischer Schlag.

Eine gewaltsame Erschütterung ging durch ihren gan=
zen Körper, ihre Augen erweiterten sich unnatürlich, ihre
Züge sprachen das heftigste Entsetzen aus.

Sie richtete sich hoch auf, streckte ihren Arm gegen
Noel aus, und rief mit starker Stimme:

„Mörder!"

Zuckend fiel sie auf das Bett zurück; sie wollten ihr
zu Hilfe eilen — die Frau war todt.

Allgemeines Stillschweigen.

So groß ist die geistige Macht des Todes, so gewaltig seine Wirkung auf das Gemüth, daß selbst die ärgsten Zweifler ihr Haupt vor ihm beugen müssen.

Leidenschaften und irdisches Verlangen, das sonst das ganze Leben ausfüllt, schweigt in Gegenwart des Todes. Ein höherer Zweck, eine ernste Mahnung tritt uns nahe, wenn ein Angehöriger vor uns seinen letzten Seuzfer aushaucht.

Alle standen heftig erschüttert von dem, was sie aus dem Munde der Sterbenden vernommen. Doch das Wort „Mörder,“ das letzte, was sie gesprochen, machte keinen außergewöhnlichen Eindruck.

Alle wußten, wessen Albert angeklagt war, und ihm mußte natürlich das Wort der unglücklichen Mutter gelten.

Noel schien sehr betrübt. Er kniete neben dem Bette nieder, nahm eine Hand seiner Pflegemutter, drückte seine Lippen darauf und seufzte:

„Ach, sie ist todt, todt!“

Neben ihm knieten der Geistliche und die Nonne, und sagten halblaut die Gebete der Sterbenden her.

Der Graf Commarin lag bleich und entstellt in einem Fauteuil, Claire und der Doktor eilten ihm zu Hilfe. Sie lösten seine Kravatte auf, öffneten den Hemdkragen, und rollten mit Hilfe des Majors den Fauteuil an ein offenes Fenster, damit ihn die frische Luft wieder belebe.

Drei Tage früher hätte ihn die heftige Erschütterung vielleicht getödtet, doch das Herz lernt Schmerz ertragen, wie die Hände sich an harte Arbeit gewöhnen.

„Es war gut, daß er weinen konnte," flüsterte der Doktor Claire in das Ohr.

Auf starkes Seelenleid folgt Ermattung, die Natur scheint auf solche Weise die Kräfte des Menschen schonen zu wollen, die mit neu erwachendem Bewußtsein von neuem gespannt werden, bis sie das Unerträgliche zu tragen vermögen.

Langsam kam der Graf wieder zu sich, und mit dem Bewußtsein kehrte das Schmerzgefühl zurück. Seine Blicke hafteten an dem Lager seiner Valerie, deren Seele entflohen war.

Was hätte er nicht darum gegeben, wenn Gott die Dahingeschiedene einen Tag, ja nur eine Stunde hätte zum Leben erwachen lassen! Wie hätte er sich in brennender Reue ihr zu Füßen werfen wollen, ihre Vergebung erflehen, ihr sagen, daß er sein eigenes Betragen nicht mehr begreifen könne! Wie klar lag jetzt die unauslöschliche Liebe des treuen Herzens für ihn zu Tage! Und er — er hatte sie ohne Untersuchung verurtheilt, sie verworfen ohne Frage. Hätte er sie einmal gesprochen! Zwanzig Jahre der Vereinsamung, schrecklicher Zweifel in Hinsicht auf Albert's Geburt wären ihm erspart geblieben, sein Leben hätte ruhig und heiter dahinfließen können.

Er dachte auch an den Tod der Gräfin — auch sie liebte ihn, und starb vor Kummer. Beide verstand er nicht, und ließ sie ungetröstet sterben.

Die Stunde der Buße war gekommen, und er durfte nicht sagen: „Herr, die Strafe ist zu hart."

6

Hart war sie wohl — was hatte ihn nicht seit Kur=
zem alles betroffen!

„Sie sagte es mir vorher,“ flüsterte er, „warum
hörte ich nicht auf sie!“

Der tiefe Schmerz des Grafen rührte den Major.
Er reichte ihm die Hand, und sagte tiefernst und traurig:

„Herr Graf, meine Schwester hat Ihnen längst ver=
ziehen, wenn sie Ihnen überhaupt gezürnt — und jetzt ver=
zeihe ich Ihnen.“

„Ich danke Ihnen — Gott, welch’ ein schreckliches
Ende!“

„Wie traurig,“ warf Claire ein, „daß sie in dem
Gedanken gestorben ist, ihr Sohn sei ein Verbrecher. Hätte
man ihr wenigstens den Gedanken nehmen können!“

„Ihr Sohn soll frei werden, damit er ihr die letzten
Dienste leisten könne, das sei das Erste — Noel!“

Der Advokat trat hinzu, er hatte die Worte ver=
standen.

„Ich versprach Ihnen bereits, Vater, ihn zu retten.“

Claire und Noel sahen sich zum ersten Male, und
ihr helles Auge ward von seinem Blicke sichtlich unan=
genehm berührt. Sie versetzte kalt ablehnend:

„Albert ist schon gerettet. Wir wollen nur, daß ihm
gleich gewährt werde, was ihm gebührt: die Freiheit.
Der Richter weiß schon den wahren Sachverhalt.“

„Wie so den wahren?“ forschte Noel.

„Albert war bei mir, verbrachte mit mir die Nacht,
in der der Mord begangen wurde.

Noel sah sie erstaunt an, ein solches Geständniß, aus solchem Munde, ohne jede Erklärung gegeben, mußte ihm wohl wunderbar vorkommen.

Mit Stolz und Würde fuhr sie fort:

„Ich heiße Claire d'Arlange —"

Und der Graf erzählte rasch, was ihm Claire mitgetheilt.

Als er zu Ende war, sagte Noel:

„Sie sehen wohl, wie ich im Augenblick in Anspruch genommen bin, von morgen an stehe ich zu Ihrer Verfügung."

„Morgen!" rief der Graf ungeduldig; „mir scheint gar, ich soll bis morgen warten! Was die Ehre gebietet, muß heute, muß unverzüglich geschehen. Wenn Sie die arme Frau da ehren wollen, können Sie etwas Besseres thun, als für sie beten — befreien Sie lieber ihren Sohn."

Noel verbeugte sich tief.

„Ihr Wunsch ist mir Befehl. Ich eile. Noch heute Abend werde ich Ihnen in Ihrer Wohnung Bericht abstatten, was ich ausgerichtet habe. Vielleicht ist es mir vergönnt, Ihnen den Vicomte zuzuführen."

Er küßte die Todte noch einmal und ging.

Auch der Graf und Claire d'Arlange brachen auf.

Der alte Major ging zum Friedensrichter, um die nöthigen Formalitäten in Ordnung zu bringen.

Die Nonne blieb allein und erwartete den Priester, der die Todte bewachen sollte.

6*

Sie allein waltete ruhig und unerschüttert im Krankenzimmer, nachdem sie ihre Gebete vollendet. Dergleichen
geschieht ja so oft!

Sie räumte alle Spuren der Krankheit hinweg, ordnete
und räucherte, stellte einen weiß gedeckten Tisch mit Wachs-
kerzen und einem Kruzifix zu Häupten des Bettes, und
wartete.

————

XVII.

Daburon ging die endlosen Gallerien des Justiz-
palastes entlang, noch innerlich ergriffen von der Mit-
theilung des jungen Mädchens — als Tabaret ihm in
eiligem Laufe entgegenkam.

„Herr Tabaret!" rief er.

Doch der gute Mann focht mit den Händen, und
wollte sich keine Minute aufhalten lassen. Er lief grüßend
und sich entschuldigend weiter.

„Wissen Sie . . ." wollte ihn Daburon aufhalten.

„Er ist doch unschuldig," unterbrach ihn Tabaret.
„Ich habe schon eine Spur, und bevor drei Tage in's
Land gehen, will ich mehr haben. Der Mann mit den
Ohrringen ist da. Gevrol ist ein schlauerer Kopf, als ich
dachte."

Er eilte der Treppe zu, und sprang drei Stufen auf
einmal hinab.

Daburon ging weiter, und sah vor der Thür seines
Zimmers Albert auf der hölzernen Bank sitzen mit seinem
Begleiter.

„Sie werden gleich gerufen werden,“ sagte der Rich=
ter, und trat in sein Zimmer.

Constant sprach eben mit einem Manne, der für einen
wohlhabenden Bürger gelten konnte, wenn man ihn nicht
an der enormen Busennadel von unechtem Golde als einen
Vertrauten erkannt hätte.“

„Haben Sie meine Briefe erhalten?“ fragte Daburon
seinen Aktuar.

„Ihre Aufträge sind ausgeführt worden, und Herr
Martin hier kommt eben von seiner Inspektion zurück.“

„Gut, gut,“ nickte Daburon, und wandte sich an den
Vertrauten. „Also was haben Sie bemerkt?“

„Es ist Jemand über die Mauer geklettert.“

„Ist es lange her?“

„Fünf oder sechs Tage höchstens.“

„Sind Sie Ihrer Sache gewiß?“

„So gewiß, als ich sehe, daß Herr Constant die Feder
schneidet.“

„Die Spuren sind deutlich?“

„So deutlich wie die Nase im Gesicht, wenn ich so
sagen darf. Der Dieb — denn es wird hier wohl von
einem Diebstahl die Rede sein — stieg vor dem Regen
hinüber und kam nach dem Regen herüber, wie der Herr
Richter selbst vermuthet haben. Dieser Umstand ist un=
schwer zu konstatiren, wenn man von der Straße aus die
Fußspuren auf der Mauer vergleicht. Die einen sind
schmutzig, die andern nicht. Der Bursche muß ein tüchtiger
Kletterer sein, hinab ist er gesprungen, doch auf dem Rück=
wege bediente er sich einer Leiter, die er niederwarf, als

er oben angekommen war. Man unterscheidet noch den
Platz, wo sie angelegt war, oben ist der Kalk abgekratzt,
und unten bohrte sie Löcher in die weiche Erde."

„Ist das Alles?"

„Nein, noch nicht. Die Mauer ist oben abgestoßen,
einige Akazienzweige sind abgebrochen oder geknickt, wo
übergestiegen ist. Ich fand an einem derselben an den
Dornen sogar dies kleine Stückchen grauen Leders, das
wahrscheinlich aus einem Handschuh gerissen ist."

Eifrig ergriff der Richter das corpus delicti und
betrachtete es.

„Ich hoffe, Sie haben Ihre Untersuchungen mit der
nöthigen Vorsicht ausgeführt, daß Niemand Verdacht schö-
pfen konnte."

„Ich habe zuerst von Außen die Mauer betrachtet.
Dann legte ich meinen Hut bei einem Weinhändler an der
Ecke nieder, und lief eilig in das Haus, um einen Papagei
wieder zu fangen, der einer vornehmen Dame in der Nach-
barschaft weggeflogen sein sollte. Ich schimpfte dabei weid-
lich auf die Dame — so hielten sie mich ohne Weiteres
für einen Bedienten, und ließen mich in den Garten, den
Papagei zu suchen."

„Sie sind ein tüchtiger, geschickter Mann, ich bin sehr
zufrieden und werde es seiner Zeit erwähnen," nickte Daburon, und zog die Glocke, indeß der Vertraute sich mit
tiefen Bücklingen aus der Thür bewegte.

Jetzt wurde Albert hineingeführt.

„Sind Sie jetzt entschlossen, mir zu sagen, wie Sie
den Abend des Fastnacht-Dienstags verbrachten?"

„Ich sagte es Ihnen bereits.“

„Nein, nein, ich muß Ihnen sagen, daß Sie mich belogen haben.“

Albert wurde dunkelroth bei dieser Beleidigung, seine Augen funkelten.

„Ich weiß, was Sie an jenem Abende vorgenommen haben, denn wir erfahren Alles, was wir wissen wollen.“

Er sah Albert fest in's Auge, und fuhr langsam fort:

„Fräulein von Arlange war bei mir.“

Albert antwortete nicht, doch eine Veränderung ging in seinem Gesicht vor. Seine Züge, die einen finstern Entschluß verriethen, klärten sich auf — es war als fiele ihm eine Felsenlast von der Seele.

„Fräulein von Arlange sagte mir, wo Sie am Dienstag Abend waren.“

Albert wußte noch nicht, ob er reden solle.

„Ich gebe Ihnen mein Ehrenwort, daß ich Ihnen keine Schlinge lege, sie hat mir wirklich Alles erzählt.“

Jetzt entschloß sich Albert zu sprechen. Sein Bericht stimmte mit dem Claire's auf das Genaueste. Jeder Zweifel ward vernichtet. Hier konnte keine Täuschung walten, entweder war Albert unschuldig, oder Claire seine Mitschuldige.

War es denkbar, daß sie an einem scheußlichen Verbrechen sich betheiligte? Keine Möglichkeit — doch wo dann den Verbrecher suchen?

Wenn die Justiz ein Verbrechen konstatirt, so ist ihre erste Aufgabe, den Thäter zu finden.

„Sehen Sie," sagte der Richter streng, „Sie wollten mich täuschen. Sie setzten sich selbst einer ernsten Gefahr aus, und was noch mehr ist, Sie setzten mich, das Gericht, einem beklagenswerthen Irrthum aus. Warum sagten Sie nicht gleich die Wahrheit?"

„Fräulein von Arlange hatte ihren guten Ruf in meine Hand gelegt, ich hatte ihn zu wahren."

„Und Sie hätten lieber den Tod erleiden wollen, als von dieser Zusammenkunft sprechen?" sagte Daburon mit leichter Ironie. „Das ist allerdings sehr schön gedacht, sehr chevaleresk ..."

„Ich will mich nicht mit Heldenmuth brüsten, denn ich muß Ihnen gestehen, daß ich auf Claire's Entgegenkommen in dieser Hinsicht rechnete. Ich wußte, die Nachricht von meiner Gefangenschaft würde sie zur thätigen Verwendung für mich auffordern. Allerdings konnte ihre Umgebung geflissentlich gegen sie schweigen, das wäre mein Unglück gewesen. Ich weiß nicht, ob ich für mich stehen kann, allein ich glaube doch, ich hätte ihren Namen nicht genannt."

Albert sagte, was er dachte und fühlte, ohne jede Prahlerei.

Daburon bedauerte seinen ironischen Ton, und sagte mit gewinnender Freundlichkeit:

„Kehren Sie jetzt in das Gefängniß zurück. Ich kann noch Nichts bestimmt sagen, doch sind Sie schon nicht mehr in geheimer Haft, und sollen mit aller Rücksicht behandelt werden, als ein Angeklagter, dessen Unschuld vermuthlich erwiesen werden wird."

Albert verbeugte sich dankend, und ging mit seinem Begleiter.

„Jetzt lassen Sie Gevrol holen," sagte der Richter zu seinem Aktuar.

Der Chef der Sicherheitspolizei war auf die Präfektur gegangen, doch sein Zeuge, der Mann mit den Ohrringen, wartete in der Gallerie, und wurde dem Richter auf Verlangen vorgeführt.

Er war eine äußerst kräftige, gedrungene Gestalt, dessen eisenfesten Gliedern, gewaltigen Schultern man es ansah, daß er Zentnerlasten mit Leichtigkeit tragen konnte. Sein wetterbraunes geröthetes Gesicht erschien noch dunkler durch das weiße Haar und den weißen Bart, der es einrahmte. Ein Druck von diesen harten, schwieligen Händen mußte nicht der zarteste sein. Große Ohrringe, die einen Anker trugen, hingen in seinen Ohren. Er trug das leichte, bequeme Kostüme der Fischer aus der Normandie.

Der Amtsdiener mußte den alten Matrosen gewaltsam hineinschieben, der Athlet war scheu und furchtsam wie ein Kind. Er ging schwankend vorwärts, wie die Matrosen auf festem Lande zu thun pflegen, und knetete dabei seinen alten Filzhut, an dem kleine bleierne Medaillen hingen.

Daburon sah ihn an, und erkannte auf den ersten Blick, daß das der Mann mit dem rothen Gesicht sein mußte, den der kleine Zeuge in La Jonchère beschrieben hatte. Eben so klar war ihm, daß er es mit einem ehrlichen Manne zu thun hatte. Sein Gesicht war die Offenheit und Güte selbst.

„Ihr Name?" fragte der Untersuchungsrichter.

„Marie Pierre Lerouge.“

„Sind Sie ein Verwandter der Claudine Lerouge?“

„Ich bin ihr Mann.“

Der Mann der Ermordeten lebte, und die Polizei hatte nicht einmal eine Ahnung davon!

„Wie wenig sind wir doch eigentlich fortgeschritten,“ dachte Daburon, „daß unsere gerichtlichen Informationen noch immer an derselben Schwerfälligkeit und Langweiligkeit leiden, wie in jener Zeit, da Photographie und elektrischer Telegraph noch unbekannte Dinge waren. Wir benützen die Erfindungen nicht, die uns zu Gebote stehen. Seit Freitag Früh war ein Brief in Claudinens Heimat abgegangen, um ihre Verhältnisse aus früherer Zeit in Erfahrung zu bringen, und jetzt, am Montage, war noch keine Antwort eingetroffen.“

„Die Lerouge wurde allgemein für eine Witwe angesehen, sie selbst hatte sich so genannt,“ sagte Daburon laut.

„Weil sie sich damit weißbrennen wollte. Uebrigens war es so zwischen uns abgemacht; ich sagte ihr, daß ich für sie nicht mehr auf der Welt sei.“

„Ach so. Wissen Sie auch, daß sie ermordet wurde?“

„Der Herr von der Polizei, der mich geholt hat, sagte es mir. Sie war eine unglückliche Person.“

„Sie, ihr Mann, sprechen in tadelnder Weise über sie?“

„Ich habe nur zu sehr das Recht dazu. Mein Vater sagte es mir gleich, er sah es schon ein, während ich noch verblendet war. Er sagte: „Nimm Dich in Acht, sie wird uns Allen Unehre machen.“ Und er hat Recht gehabt.

Ihretwegen wurde ich schon wie ein Dieb von der Polizei
gehetzt, und überall mußten die Leute Schlechtes von mir
denken. Jetzt stehe ich gar vor Gericht. Das ist mir nicht
gleichgiltig, denn die Lerouge waren ehrenhafte Leute, so
lange die Welt steht. Fragen Sie nach unserem Rufe, man
wird Ihnen sagen: „Ein Wort von Lerouge ist so gut als
ein schriftliches Versprechen von einem Andern." Ich wußte
wohl, daß sie einmal ein schlimmes Ende nehmen mußte."

„Sagten Sie ihr das?"

„O, mehr als hundert Mal."

„Was veranlaßte Sie dazu? Sprechen Sie ungescheut,
denn Sie sind in keiner Weise bei dem Verbrechen betheiligt. Wann sagten Sie so zu ihr?"

„Das ist schon lange her, vielleicht dreißig Jahre, da
sagte ich es zum ersten Male. Sie war ehrgeizig, und ließ
sich mit vornehmen Leuten in gefährliche Heimlichkeiten ein.
Sie wollte so reich werden, und ich sagte ihr, daß sie
Schande genug ernten werde. „Du bettest Dich auf Dornen, sagte ich, und glaubst, daß Du dann ruhig schlafen
kannst. Aber sie bestand auf ihrem Kopfe."

„Sie waren aber doch der Mann, und sie hätte Ihnen
gehorchen sollen."

„Ich konnte sie nie dazu bringen, mir nachzugeben,"
entgegnete der Matrose seufzend.

Es ist schwer, bei einem Verhör Fragen zu stellen,
wenn man noch nicht einmal weiß, was man in Erfahrung
bringen. kann. Man soll sich dann nicht bei Kleinigkeiten
aufhalten, sonst verliert man die Zeit, und entfernt sich
noch weiter vom Ziele. Besser ist es, den Zeugen zum

Reden zu bringen, und ihn nur zu unterbrechen, wenn er zu weitläufig wird. Daburon ärgerte sich über Gevrol's Abwesenheit, der ein Verhör hätte abkürzen helfen, dessen Wichtigkeit der Richter nicht ahnte.

„Was hatte denn Ihre Frau für Heimlichkeiten mit vornehmen Leuten?" fragte er. „Erzählen Sie mir das genau und getreu. Vor Gericht heißt es die Wahrheit in ihrem ganzen Umfange sagen."

Lerouge hatte seinen Hut auf einen Stuhl gelegt. Bald zog er an seinen Fingern, daß sie krachten, bald kratzte er sich heftig auf dem Kopfe. Augenscheinlich dachte er nach.

„Ja, das ist jetzt zu Johannis fünfunddreißig Jahre, daß ich mich in die Claudine verliebte. Sie war ein hübsches Mädchen, drall und fein wie nur Eine. Sie hieß die Schönste im Lande, denn sie war schlank wie ein Mast, gewandt und stark wie ein wohlgebautes Boot. Ihre Augen funkelten, ihre schwarzen Haare, ihre weißen Zähne und ihr schmeichelndes Wesen waren verführerisch genug. Leider hatte sie Nichts, indessen wir im Wohlstand waren. Mein Vater, ein höchst achtbarer Mann, verschwor sich hoch und theuer, mich Claudine nicht heiraten zu lassen, und schiffte mich ein nach Oporto, damit ich in andere Luft käme. Nach sechs Monaten kam ich zurück, mager und verliebter als je. Der Gedanke an Claudine ließ mir keine Ruhe. Ich wußte, sie hatte mich gern, und mir schmeckte weder Essen noch Trinken mehr, obwohl ich ein solider Bursche war, und manches hübsche Mädchen ein Auge auf mich hatte. Der Vater sah endlich ein, daß ich hinschwand wie

ein Schatten, und widersetzte sich meiner Thorheit nicht
mehr. Als wir eines Abends vom Fischen heimkamen, und
ich das Nachtessen nicht anrührte, sagte er: „So heirate
nur die schlechte Person, damit das einmal anders wird!"
Ich fuhr beleidigt auf, als mein Vater meine Geliebte so
nannte, ich hätte ihn tödten können ... Es bringt kein
Glück, wenn man wider der Eltern Willen heiratet."

Jetzt kam er von seiner weitläufigen Erzählung gar
auf Betrachtungen — der Richter suchte ihn abzulenken,
er sagte:

„Kommen wir zur Sache."

„Ich bin schon dabei, Herr Richter, man muß doch
beim Anfange anfangen. Ich heiratete also. Am Abende
des Hochzeitstages, als die Freunde und Verwandten sich
entfernt hatten, und ich zu meiner Frau gehen wollte, sah
ich meinen Vater in einem Winkel sitzen und weinen. Das
gab mir einen Stich in das Herz, es durchzuckte mich wie
eine schlimme Ahnung. Doch das ging schnell vorüber, denn
die ersten sechs Monate mit einem Weibe, das man liebt,
sind doch gar so schön. Man sieht Alles durch einen Nebel
von Glückseligkeit an, so wie der Unerfahrene die Klippen
der Küsten für Schlösser und Kirchen hält. Zwei Jahre
lang ging Alles gut, einige kleine Zwistigkeiten ausgenom=
men — Claudine saß am Steuerruder, und machte mit
mir, was sie wollte. Ihr größter Fehler war ihre Eitel=
keit. Ich verdiente Viel, aber sie mußte Alles auf ihren
Leib hängen. Alle Sonntage ging sie mit neuem Putze ein=
her, da brauchte sie bald ein neues Kleid, bald eine Haube,
bald Schmuck — kurz all' das Teufelszeug, das die Kauf=

leute erfinden, um die Weiber verrückt zu machen. Alle
Nachbarn redeten darüber, nur ich sah nichts Unrechtes
darin. Als mein Sohn getauft wurde, der nach meinem
Vater den Namen Jaques erhielt, schenkte ich ihr die dreihundert Pistolen, die ich mir vor meiner Verheiratung erspart hatte, um eine Wiese zu kaufen, die zu meinem Ver-
drusse inmitten unserer übrigen Gründe lag."

Daburon saß auf Kohlen. So wie Lerouge Miene
machte, innezuhalten, trieb er ihn zur Eile an.

„Ich war also vollkommen glücklich, als ich eines
Morgens einen Diener des Grafen Commarin, der eine
Viertelstunde von unserer Wohnung sein Schloß hatte,
einen gewissen Germain, unser Haus umschleichen sah. Der
gefiel mir durchaus nicht, denn man sagte ihm nicht viel
Gutes nach. Ich fragte meine Frau, was er von ihr wollte,
und sie antwortete mir, daß er gekommen sei, ihr ein
Pflegekind anzutragen. Ich hatte anfangs keine Ohren dafür, denn unsere Verhältnisse erlaubten uns, ihre Milch
für den eigenen Sohn allein zu behalten. Sie brachte jedoch eine Menge Gründe für die Annahme des Antrages
vor. Sie sagte, sie bereue ihre bisherige Eitelkeit und allzu
großen Ausgaben, sie wolle Geld verdienen helfen, damit
ich mich nicht allein abzuplagen brauche. Sie wolle für
unser Kind sparen, damit es sich einst nicht auf das Meer
zu wagen brauche.

„Endlich gab sie an, man biete ihr sehr gute Bezahlung, und sie wünsche die dreihundert Pistolen wieder
zurücklegen zu können, um die Wiese zu kaufen. Das entschied."

„Sagte sie Ihnen nicht, welchen Auftrag sie habe ausführen sollen?"

Lerouge sah den Richter erstaunt an, und dachte:

„Sollte es denn wirklich wahr sein, daß das Gericht
das Geheimste weiß und kennt?"

„Da noch nicht — doch Sie werden gleich hören.
Eines Abends, acht Tage später, erhielt sie einen Brief
mit der Aufforderung, das Kind in Paris abzuholen. Gut,
sagte sie, ich reise morgen mit der Diligence. Ich sagte
kein Wort, doch als sie am andern Morgen zur Abreise
angekleidet war, schickte ich mich an, sie zu begleiten. Sie
schien nicht böse darüber — im Gegentheil, sie umarmte
mich, und ich war sehr erfreut. In Paris angekommen,
begab sich meine Frau zu einer gewissen Madame Gerdy,
wo sie das Pflegekind abholen sollte. Ich wartete indessen,
und benutzte die Zeit, bis sie wiederkehrte, in der Umgebung Erkundigungen einzuziehen. Ich erfuhr, daß diese
Madame Gerdy die Maitresse des Grafen Commarin sei.
Das mißfiel mir so sehr, daß meine Frau den Bastard
nicht hätte nehmen dürfen, wenn sie mir nur einigen Einfluß gestattet hätte. Ich bin ein ungebildeter Fischer, und
weiß, daß ein Mann sich einmal vergessen kann. Man hat
auch Etwas mitgemacht. Zuweilen wird man durch Kameraden mit fortgerissen, aber wenn ein Mann mit Frau
und Kindern eine Andere erhält, und ihr zusteckt, was den
Seinigen gehörte, das ist doch schlecht, sehr schlecht. Nicht
so, Herr Richter?"

Daburon rückte ungeduldig auf seinem Fauteuil, und
dachte:

„Das nimmt kein Ende!"

Laut fuhr er fort:

„Ja, ja; Sie haben Recht — aber laſſen Sie es gut ſein, und erzählen Sie raſch!"

„Claudine ließ ſich durch keine Gegenvorſtellungen mehr bewegen, und brachte mich durch ſchmeichelndes Weſen bald dahin, daß ich Ja ſagte. Ich erfuhr darauf, daß wir nicht in der Diligence zurückkehren würden, ſondern die Dame, die die Anſtrengung der Reiſe für ihren Kleinen fürchtete, uns in kleinen Tagereiſen in ihrem eigenen Wagen zurückbringen laſſen wollte. Denn ſie hatte Pferde und Wagen, und lebte wie eine vornehme Dame. Ich freute mich in meiner Dummheit darüber, einmal mit aller Bequemlichkeit mich im Lande umſehen zu können. Bald ſaßen wir mit den beiden Kindern, dem meinigen und dem fremden, in einem eleganten Wagen, von feurigen Roſſen gezogen, der Kutſcher in Livrée. Meine Frau war närriſch vor Freude. Sie umarmte mich in einem fort, und klimperte mit den Goldſtücken in ihrer Taſche. Ich machte dazu denn doch ein finſteres Geſicht, es kam mir unehren=haft vor, Geld in der Wirthſchaft zu haben, das ich nicht verdient hatte. Um mir den Verdruß auszureden, entſchloß ſich Claudine, mir die ganze Wahrheit zu ſagen.

„Siehſt Du, ſagte ſie, Männchen, ſo viel können wir bis an unſer ſeliges Ende haben, und weißt Du warum? Der Graf hat einen rechtmäßigen Sohn, zu gleicher Zeit wie dieſen, erhalten, und will, daß der Baſtard ſeinen Namen erben ſoll, ſtatt des andern. Das kann er nur ver=mittelſt meiner Hilfe veranſtalten. In einem Wirthshauſe

unterwegs, wo wir übernachten, sollen wir den Herrn
Germain mit dem rechtmäßigen Sohne und seiner Amme
antreffen; es soll veranstaltet werden, daß wir in einem
Zimmer schlafen, und während der Nacht soll ich die Kinder vertauschen, die genau dieselbe Wäsche tragen werden.
Dafür zahlt mir der Graf achttausend Francs und eine
lebenslängliche Rente von tausend Francs.“

„Und Sie — Sie nennen sich selbst einen ehrlichen
Mann, und ließen ein solches Verbrechen unter ihren Augen
geschehen, da es nur eines Wortes bedurft hätte, dasselbe
zu hindern?“

„Entschuldigen Sie, Herr Richter, lassen Sie mich
nur auserzählen.“

„Also weiter.“

„Ich konnte anfangs vor Zorn nicht reden, und muß
dunkelroth im Gesicht gewesen sein. Meine Frau hatte
sonst Respekt, wenn ich ernstlich böse wurde, diesmal aber
lachte sie nur unbändig. Sei nicht so dumm, sagte sie, und
ärgere Dich wie ein Truthahn — höre erst. Also der
Graf, verstehst Du, will durchaus den Bastard bei sich
haben, und zahlt dafür, daß wir die Kinder vertauschen.
Seine Maitresse aber, die Mutter dieses Kindes, will das
nicht. Scheinbar willigte sie ein, um ihren Geliebten nicht
zu erzürnen, aber sie verfolgte dabei ihren eigenen Plan.
Sie nahm mich mit in ihr Zimmer, hieß mich auf das
Kruzifix schwören, daß ich sie nicht verrathen wolle, und
sagte, daß ihr der Gedanke unerträglich sei, sich von ihrem
Kinde trennen und ein fremdes an dessen Stelle aufziehen
zu sollen. Sie versprach mir, wenn ich die Kinder unver=

tauscht ließe, während ich den Grafen glauben ließe, der
Tausch sei vollzogen — sogleich eine Summe von zehn=
tausend Francs und die gleiche Leibrente wie der Graf.
Sie fügte hinzu, daß ich nicht hoffen dürfe, sie zu täu=
schen — sie habe dem Kleinen ein unvertilgbares Zeichen
gemacht. Sie sagte nicht welches, und ich suchte vergebens
am ganzen Körper des Kindes. Verstehst Du mich jetzt?
Ich behalte ganz einfach den kleinen Burschen hier, sage
dem Grafen, der Tausch habe stattgefunden, wir stecken
von beiden Seiten das Geld ein, und Jaques ist ein rei=
cher Mann. Jetzt umarme Deine kleine Frau, die den
Verstand für Euch Beide hat!

„So sagte Claudine, ich weiß es noch Wort für
Wort.“

Der Matrose zog ein gewaltiges, blau karrirtes
Taschentuch hervor, und schneuzte sich, daß die Scheiben
klirrten — ein Zeichen von Rührung bei ihm.

Daburon war versteinert. In diesem seltsamen Pro=
zesse gab es immer neue Ueberraschungen. Kaum hatte er
sich mit einer Auffassung vertraut gemacht, so wurde wie=
der Alles über den Haufen geworfen.

Er wußte nicht mehr, was er denken sollte. Wie gern
hätte er den Bericht des schwerfälligen Zeugen durch rasche
Fragen beschleunigt, doch Lerouge sammelte nur mühsam
seine Erinnerungen, und wickelte Wort für Wort langsam
heraus, da hieß es ruhig Stand halten, um ihn nicht
noch zu verwirren.

„Ich wußte wohl, daß das ein niederträchtiger Be=
trug war, was mir Claudine vorredete. Aber sie hatte mich

7 *

so in ihrer Gewalt! Sie wußte ihre Zunge zu brauchen,
und ich vermochte überhaupt Nichts gegen ihren Willen.
Sie wußte mir vorzustellen, daß unseres Sohnes Zukunft
gesichert wäre, daß wir eigentlich Niemandem Schaden zu=
fügten — und ich schwieg.

„Abends kamen wir in einem Dorfe an, und der Kut=
scher hielt vor einem Wirthshause, mit dem Bedeuten, daß
wir dort übernachten sollten. Wir traten ein, und wen
trafen wir da? Den Spitzbuben Germain mit einer Amme
und einem Säugling, der so genau dem unsrigen gleich
gekleidet war, daß mir bange wurde. Sie waren, eben so
wie wir, in einem Wagen des Grafen angekommen. Jetzt
beschlich mich ein Zweifel — konnte nicht Claudine die
zweite Geschichte erfunden haben, um mich zu beschwichtigen?
Sie wäre so Etwas im Stande gewesen. Mir schwirrte
der Kopf. Wie sie mir die Sache vorstellte, hätte ich es
am Ende noch zugegeben, aber den wirklichen Tausch doch
auf keinen Fall. Ich gelobte mir selbst, unsern kleinen
Bastard keinen Augenblick aus den Augen zu lassen, da=
mit mir keine Taschenspielerstückchen getrieben werden konn=
ten. Den ganzen Abend hielt ich ihn auf den Knieen, und
hatte ihm, größerer Sicherheit halber, mein Taschentuch
um die Hüften geschlungen.

„Der Streich war schlau vorbereitet. Nach dem Essen,
als vom Schlafengehen gesprochen wurde, wies es sich aus,
daß im ganzen Hause nur zwei Zimmer, jedes mit zwei
Betten, vorhanden waren — als ob man das Haus extra
für den Fall gebaut hätte. Der Wirth schlug vor, die zwei
Frauen sollten in dem einen Zimmer schlafen, und Ger=

main und ich in dem andern — verstehen Sie wohl, Herr Richter? Ich war wüthend, denn ich hatte mehrmals Zeichen des Einverständnisses zwischen meiner Frau und dem Bedienten belauscht.

„Mein Gewissen bestürmte mich, und ich war wüthend auf mich selbst. Warum besitzen auch die Frauen solche Gewalt über die Männer, daß ihre Schmeichelei sie wenden kann wie Wetterfahnen!"

Daburon's Antwort war ein dröhnender Faustschlag auf sein Pult.

Lerouge fuhr schneller fort:

„Ich ließ mir die Anordnung nicht gefallen; unter dem Vorwande der Eifersucht verließ ich meine Frau keine Minute. Die fremde Amme legte sich zuerst zu Bett, Claudine und ich folgten ihr. Meine Frau zog sich aus, und legte sich mit unserem Kinde und dem fremden nieder, ich legte meine Kleider nicht ab. Angeblich um die Kinder nicht zu beeinträchtigen, setzte ich mich auf einen Stuhl vor das Bett, fest entschlossen, die Augen nicht zu schließen. Ich blies das Licht aus, damit die Frauen schlafen könnten, doch mir vertrieben die Gedanken jede Schläfrigkeit. Ich dachte an meinen Vater, und was er zu meiner Aufführung sagen würde, wenn er das erführe. Gegen Mitternacht hörte ich plötzlich Claudine sich bewegen. Ich hielt den Athem an. Sie stand auf. „Will sie die Kinder vertauschen?" dachte ich. Damals glaubte ich es, jetzt weiß ich, daß sie es nicht thun wollte. Ich stand auf, außer mir, hielt sie am Arme zurück, und sagte ihr Alles, was ich auf dem Herzen hatte. Ich sprach laut, wie ich es auf

dem Schiffe gewohnt bin, und fluchte, wie bei bösem Wet=
ter — ich machte einen entsetzlichen Lärm. Die andere
Frau schrie dazu, als ob sie erwürgt würde. Erschrocken
kam Germain mit einem Licht herein, und sein Anblick
regte meinen Zorn noch mehr auf. Kaum wissend, was ich
that, zog ich mein katalanisches Messer, das ich stets bei
mir führe, aus der Tasche, packte den verdammten Bastard,
stach ihm das Messer durch den Arm und schrie:

„Jetzt sollt Ihr mir ihn nicht mehr vertauschen —
er ist für sein Leben gezeichnet.“

Lerouge hatte sich außer Athem geredet. Große Schweiß=
tropfen rollten von seiner Stirn herab und blieben in den
tiefen Falten seines Gesichts stehen.

Der Richter gönnte ihm keine Ruhe, sein forschendes,
durchbohrendes Auge spornte ihn an zum Weitererzählen.

„Die Wunde war tief und der Kleine blutete heftig,
er hätte ja auch daran sterben können. Mir war nur um
die Zukunft bange, und die Verantwortlichkeit, die auf uns
lastete. Ich sagte zu den Andern, daß ich Alles aufschreiben
wolle, was unter uns vorgegangen, und wir Alle sollten
das unterschreiben. Es geschah, denn wir alle Vier konnten
schreiben. Germain wagte sich nicht zu widersetzen, denn
ich sprach mit dem Messer in der Hand. Er schwor Alles
zu verschweigen, ließ die andere Amme auch schwören und
unterzeichnete zuerst; die Andern nach ihm.“

„Haben Sie diese Schrift aufgehoben?“

„Ja, Herr Richter; der andere Herr von der Polizei,
dem ich Alles erzählte, sagte mir, ich solle sie mitnehmen,
ich holte sie aus ihrem Versteck, und habe sie bei mir.“

„Geben Sie her."

Lerouge nahm eine alte Brieftasche aus seinem Rocke, und zog ein vergilbtes, versiegeltes Couvert daraus hervor.

„Da ist sie. Sie ist seit jener Unglücksnacht nicht wieder geöffnet worden."

Beim Oeffnen fiel die Asche heraus, die in Ermangelung des Streusandes benutzt worden war. Es war ein kurzer Bericht des eben Erzählten, die vier Unterschriften darunter.

„Was ist aus den hier Unterzeichneten geworden!" sagte Daburon halblaut für sich.

Lerouge hielt das für eine Frage, und erwiederte:

„Germain ist todt, ich hörte, er sei bei einer Wasserpartie verunglückt. Claudine ist ermordet worden, doch die andere Frau lebt noch. Ich weiß sogar, daß sie von der Angelegenheit mit ihrem Manne gesprochen hat, er erwähnte so Etwas gegen mich. Er heißt Broffette und wohnt im Dorfe Commarin selbst."

Der Richter notirte sich Namen und Wohnort der Frau, und drängte Lerouge zum Weitererzählen.

„Am andern Morgen gelang es Claudine, mich zu beruhigen und mir selbst den Schwur abzunöthigen, das Geschehene zu verschweigen. Das Kind war unbedeutend erkrankt, nur erhielt es eine große Wunde am Arme."

„Erfuhr Madame Gerdy den Vorfall?"

„Ich glaube nicht, doch ist es besser, ich sage: ich weiß es nicht."

„Wie kommt es, daß Sie das nicht wissen?"

„Das kommt von dem, was später geschah."

„Was geschah denn?"

Der Matrose zögerte.

„Herr Richter, das betrifft nur Familien-Angelegen-
heiten . . ."

„Sie sind ein ehrenhafter Mann, mein Freund, ich
glaube es Ihnen, ich bin davon überzeugt. Nur einmal im
Leben nahmen Sie Theil an einer schlechten Handlung,
von Ihrem bösen Weibe verleitet — Sie können das nur
dadurch wieder gut machen, daß Sie ganz offen zu mir
sprechen. Was keinen Bezug hat auf das Verbrechen, bleibt
ganz unter uns. Fürchten Sie Nichts; und wenn Sie sich
selbst gedemüthigt fühlen durch Ihre Bekenntnisse, so nehmen Sie das als gerechte Strafe hin."

„Ach, Herr Richter, meine Strafe hat längst an-
gefangen. Schlecht erworbenes Geld bringt keinen Segen.
Als wir zu Hause ankamen, kaufte ich die unglückliche
Wiese über ihren Werth, doch mit dem Besitze hörte die
Freude daran auf. Claudine war eitel, doch sie hatte noch
weit schlimmere Fehler. Als wir nun im Ueberflusse leb-
ten, kamen sie alle zum Vorschein, wie ein heimlich glimmen-
des Feuer, vom Wind angeblasen, aufflammt. Sie war
immer naschhaft, jetzt überschritt ihre Schlemmerei alles
Maß. So wie sie mich auf dem Schiffe wußte, lud sie
sich die liederlichsten Weibsbilder ein, und Nichts war zu
gut und zu theuer für sie. Sie betrank sich dergestalt, daß
man sie zu Bett bringen mußte. In einer Nacht kehrte ich
unvermuthet zurück, da sie mich in Rouen glaubte — ich
trat unerwartet in das Zimmer, traf einen Mann bei ihr
an — und was für einen! Den erbärmlichsten, schmutzigen,

ſtinkenden Landläufer der ganzen Gegend! Ich hätte ihn
tödten können, das war mein Recht — doch der Wurm
war mir zu jämmerlich, ich packte ihn und warf ihn zum
Fenſter hinaus, ohne es erſt zu öffnen. Er ſtarb nicht
daran. Dann ſtürzte ich mich auf meine Frau, und ſchlug
ſie, bis ſie ſich nicht mehr rührte.“

Lerouge ſprach mit rauher Stimme, und drückte von
Zeit zu Zeit die geballten Fäuſte auf die Augen.

„Dann verzieh ich ihr doch wieder — man ſoll es
nicht thun, denn es iſt doch Alles verloren. Claudine wurde
nur vorſichtiger — das war Alles. Madame Gerdy nahm
ihr Kind wieder zu ſich, und Claudine hielt nun Nichts
mehr zurück. Mit Hilfe ihrer Mutter, die ſie zur Pflege
unſeres Kindes — wie ſie ſagte — in das Haus genommen
hatte, betrog ſie mich länger als ein Jahr. Ich glaubte,
ſie habe ſich gebeſſert, und ſie trieb es ärger als je. Mein
Haus war das verrufenſte der Gegend geworden, das die
leichtſinnigen Burſche aufſuchten, wenn ſie angetrunken
waren. Sie tranken hier noch weiter, denn meine Frau
ließ bedeutende Mengen Wein und Branntwein kommen,
und beging mit ſolcher Geſellſchaft die widerwärtigſten
Orgien. Wenn das Geld zu Ende ging, ſchrieb ſie an den
Grafen oder an Madame Gerdy, und dann ging das Leben
von neuem an.

„Zuweilen kam es mir nicht geheuer vor, dann ſchlug
ich ſie wegen einer unbedeutenden Kleinigkeit, worauf ich
ihr wieder verzieh, ich alberner Schwachkopf. Es war ein
Höllenleben; ich wußte endlich nicht mehr genau, was mir
mehr Spaß machte, ſie zu umarmen oder ſie zu prügeln.

Allgemein verachtete man mich und kehrte mir den Rücken, man hielt mich für mitschuldig, oder glaubte, ich lasse mich absichtlich täuschen. Später erfuhr ich, daß es hieß, ich dulde das aus Lust am Gelde, während meine Frau im Gegentheil ihre Liebhaber bezahlte. Auf jeden Fall schien es höchst bedenklich, daß bei uns so viel Geld ausgegeben wurde. Welche Schande! Um mich von einem andern Le- rouge, einem Verwandten, zu unterscheiden, hingen sie mei= nem Namen ein ehrenrühriges Beiwort an — und ich wußte Nichts von alledem! Doch ich war ihr Mann, und wer konnte das wissen! Zum Glück war mein Vater todt."

Der Mann sah so verzweifelt aus, daß Daburon Mitleid fühlte. Er sagte:

„Lassen Sie sich Zeit, beruhigen Sie sich erst."

„Nein, jetzt muß ich einmal fertig werden. Endlich war doch unser Pfarrer theilnehmend genug mir das zu sagen — dem bin ich noch Vergeltung schuldig. Ich fragte sogleich Jemand vom Gericht, wie ein ehrlicher Schiffer handeln soll, der unglücklicher Weise eine ehrlose Person geheiratet. Er sagte mir, da sei gar Nichts zu thun. Ein Prozeß macht nur die Schande öffentlich, eine Trennung bessert Nichts. Hat man einmal seinen Namen einem Weibe gegeben, so kann man ihn nicht zurücknehmen; sie besitzt ihn für das Leben, sie kann ihn beflecken, ja im Kothe wälzen — der Mann kann es nicht hindern. Mein Ent= schluß war rasch gefaßt. Ich verkaufte die Wiese und schickte Claudine das Geld, um nichts von dem Sündengeld zu behalten. Ich setzte eine Schrift auf, die ihr die Freiheit

ließ, in unserem Besitzthum zu schalten, jedoch weder Etwas
zu verkaufen, noch darauf Geld zu leihen. Dann schrieb
ich ihr einen Brief, worin ich ihr sagte, daß sie Nichts
mehr von mir hören sollte, und sich als Witwe betrachten
könne. In derselben Nacht ging ich mit meinem Sohne
davon."

„Was that Ihre Frau, nachdem Sie abgereist waren?"

„Das kann ich nicht sagen. Ich weiß nur, daß sie ein
Jahr nachher die Gegend verließ."

„Sie sahen sie nie wieder?"

„Nie."

„Aber drei Tage vor dem Morde waren Sie doch
bei ihr?"

„Allerdings, das war unumgänglich nöthig. Ich konnte
sie nicht auffinden, Niemand wußte, was aus ihr ge=
worden sei. Glücklicher Weise wußte der Notar die Adresse
der Madame Gerdy, er schrieb ihr, und so erfuhr ich, daß
Claudine in La Jonchère lebte. Ich war in Rouen, ein
Bekannter, der Patron Gervais, bot mir an, mich auf
seinem Schiffe mit nach Paris zu nehmen, und ich nahm
es an. Es war mir erschütternd, sie wieder zu sehen —
sie erkannte mich nicht einmal. Wahrscheinlich glaubte sie,
ich sei todt, da sie sich stets eine Witwe genannt. Als ich
ihr meinen Namen nannte, fiel sie um vor Schrecken.
Uebrigens hatte sie sich nicht verändert, ich sah die Brannt=
weinflasche neben ihr . . ."

„Aber was wollten Sie bei Ihrer Frau?"

„Wegen unseres Sohnes hatte ich sie aufgesucht. Er
ist ein Mann geworden und möchte heiraten. Dazu braucht

er die Einwilligung der Mutter. Ich ließ mir vom Notar eine Schrift aufsetzen, die sie unterzeichnete. Hier ist sie."

Daburon nahm die Schrift und schien aufmerksam zu lesen. Plötzlich fragte er:

„Haben Sie keine Idee, wer Ihre Frau ermordet haben kann?"

Lerouge antwortete nicht.

„Sie haben gar keinen Verdacht auf irgend Jemanden?"

„Mein Gott, was soll ich sagen? Ich denke mir, daß Claudine endlich die Leute ungeduldig gemacht hat mit ihrem ewigen Geld begehren, oder vielleicht hat sie in der Trunkenheit geplaudert."

Lerouge hatte Alles ausgesagt, was er wußte, und der Richter entließ ihn mit dem Bedeuten, er möge auf Gevrol warten, der ihn in ein Wirthshaus führen werde, wo er sich bis auf weitere Verfügung aufhalten solle. Für seine Auslagen solle er entschädigt werden.

Lerouge hatte kaum den Rücken gedreht, als im Bureau des Untersuchungsrichters etwas Unerhörtes, Niedagewesenes vorging. Constant, der Unerschütterliche, Lebendig-Todte, brach ein Schweigen, das er durch fünfzehn Jahre nicht gebrochen, er äußerte eine Meinung, wie er nie gethan, er stand auf und sagte:

„Das ist wirklich erstaunlich!"

„Freilich ist es erstaunlich," dachte Daburon, „und macht alle Voraussicht zu Schande."

Warum hatte er sich auch mit beklagenswerthem Eifer

in die Affaire gestürzt, bevor er alle Fäden des verwickel=
ten Gewebes in Händen hielt!

Man macht oft der Justiz Langsamkeit zum Vorwurf,
und bedenkt nicht, daß darin Kraft, Sicherheit und eine
Art von Unfehlbarkeit liegt.

Wie lange dauert es nicht, bis alle Zeugenaussagen
gesammelt sind — und welche unerwartete Eröffnungen
entwickeln sich oft aus scheinbar unnützen Nachforschungen!
Oft, wenn die Verwicklung unentwirrbar scheint, zerhaut
eine gleichgiltige Person den gordischen Knoten.

Daburon, sonst der besonnenste Richter, hatte diesmal
die verwickeltste Affaire für sehr einfach angesehen. Er
behandelte ein geheimnißvolles Verbrechen wie ein Faktum,
wobei der Thäter auf frischer That ergriffen worden. Und
das Alles, weil sein eigenes Selbst dabei in Frage ge=
kommen war, seine Erinnerungen den sonst so klaren Blick
trübten.

Seltsamer Weise gingen diese Fehler, diese Irrthümer
selbst aus seiner Gewissenhaftigkeit hervor. Er irrte aus
Sorge, nicht genug Selbstverleugnung zu üben, er brachte
sich durch seine Skrupel in eine Aufregung, in der er Ge=
spenster sah.

Ruhiger geworden, sah er die Dinge jetzt aus ganz
anderem Gesichtspunkte an. Glücklicher Weise ließ sich noch
Alles wieder gut machen. Freilich machte er sich dennoch
die ernstesten Selbstvorwürfe, sagte sich, er habe es dem
Zufall allein zuzuschreiben, daß er nicht weiter gegangen.
Er faßte den unwiderruflichen Entschluß, keine Untersuchung

mehr zu führen; sein Amt flößte ihm jetzt wahren Ab=
scheu ein.

Alle Wunden seines Herzens bluteten von Neuem, seit
er mit Claire gesprochen — ja sie schmerzten tiefer als je
vorher. Er erkannte mit tiefer Niedergeschlagenheit, daß er
für dieses Leben kein Glück mehr zu hoffen habe. Wer ein=
mal mit aller Hingebung seines Herzens einen würdigen
Gegenstand geliebt, und das Theuerste auf solche Art ver=
loren hat, entsagt wohl mit Recht jeder Hoffnung.

Trübe sah er in eine Zukunft, die ihm weder Freude
noch Arbeit bot, wenn er sein Amt niedergelegt haben
würde. Was dann?

Doch er kam wieder auf die bringende Frage der
Gegenwart zurück. Albert war wirklich der Vicomte Com=
marin, der legitime Sohn des Grafen — ob schuldig oder
unschuldig. Doch er konnte nicht schuldig sein.

„Ich muß sogleich den Grafen Commarin sprechen,“
sagte Daburon jetzt zu seinem Aktuar. „Constant, schicken
Sie Jemanden in seine Wohnung, lassen Sie ihn ersuchen,
er möge sich unverzüglich zu mir bemühen, und ist er nicht
zu Hause, so lassen Sie ihn aufsuchen.“

Es war dem Richter sehr unangenehm — fast kam
es ihm lächerlich vor — daß er zu dem alten Herrn sagen
sollte: „Der, den ich Ihnen als solchen vorgestellt habe, ist
nicht Ihr rechtmäßiger Sohn, sondern der Andere.“

Die frohe Nachricht, daß der rechte Sohn zugleich
unschuldig sei, war wohl das beste Ausgleichmittel.

Auch Noel mußte nun die Wahrheit erfahren, er mußte
in die vorige Unbedeutenheit zurückgestoßen werden, nach=

dem er sich schon selbst zu schwindelnder Höhe aufgeschwungen hatte. Eine bittere Enttäuschung! Doch hoffte Daburon, der Graf werde ihn entschädigen, was er ihm auch wohl schuldig war.

„Wer aber," murmelte Daburon vor sich hin, „mag jetzt der Mörder sein?"

Ein Gedanke durchfuhr ihn, anfangs kam er ihm unwahrscheinlich vor — er verwarf ihn, und nahm ihn wieder auf, betrachtete ihn von allen Seiten, und hielt ihn endlich für annehmbar — als der Graf Commarin herein= trat.

Der Bote des Untersuchungsrichters traf ihn an, als er eben vor seinem Hotel mit Claire aus dem Wagen stieg. Sie kamen von dem Sterbebette der Madame Gerdy.

XVIII.

Tabaret ließ es nicht beim Reden bewenden, er handelte auch, und zwar ohne Verzug.

Da ihn der Richter nicht unterstützen wollte, so versuchte er sein Heil auf eigene Faust, und ruhte nicht eher, bis er seinen Zweck erreicht hatte.

Es war ganz richtig, daß er in einem Kabriolet mit raschem Pferd davon gefahren.

Er schonte keine Kosten, warb sich eine kleine Schaar hilfreicher Spione unter abgedankten Vertrauten oder Verbrechern ohne Beschäftigung, und mit diesen Hilfstruppen, seinen Adjutanten Lecoq an der Seite, eilte er nach Bougival.

Er durchsuchte die ganze Gegend, buchstäblich Haus für Haus, mit einer Beharrlichkeit, als wollte er eine verlorene Stecknadel in einem Heuschober finden.

Seine Mühe war auch nicht ganz vergebens.

Nach drei Tagen unablässiger Nachforschungen hatte er eruirt:

Der Mörder war nicht auf der Station Rueil aus-

gestiegen, wie alle Leute thun, die nach Bougival, La Jonchère und Marly wollen; er war um eine Station weiter,
nach Chatou gefahren, so daß er eine Strecke zurück gehen
mußte.

Auf dieser Station hatten Eisenbahnbeamte einen
jungen, brünetten Mann mit dichtem, schwarzem Schnurrbart gesehen, der einen Ueberzieher und einen Regenschirm
trug — das mußte er gewesen sein.

Er war mit dem Zuge, der um 8 Uhr 35 Minuten
von Paris abfährt, angekommen, und schien sehr eilig.

Er war von dem Bahnhofe sogleich auf den Weg
nach Bougival gegangen, wo er einigen Begegnenden durch
seine Eile auffiel. Er lief und rauchte dabei.

An der Brücke, die bei Bougival von einem Ufer der
Seine zum andern führt, war er noch genauer beobachtet
worden.

Man muß eine Kleinigkeit entrichten, wenn man über
diese Brücke geht, und der Mann, den schon beschlossenen
Mord im Kopfe, vergaß diesen Umstand.

Er lief in aller Hast über die Brücke, die Arme in
die Seiten gestemmt, haftig Athem schöpfend — und der
Brückenzollwächter mußte ihm nachlaufen und ihn anrufen,
um die Bezahlung zu erlangen.

Er schien sehr ärgerlich über diesen Aufenthalt, warf
dem Manne ein Zehnsousstück hin, und wartete nicht darauf, daß dieser ihm herausgab.

Auch auf der Station Rueil, zum Zuge der ein Viertel nach Zehn abfährt, war ein Reisender als auffällig
beobachtet worden, der so aufgeregt und außer Athem ge-

laufen war, daß er sich kaum verständlich machen konnte, als er ein Billet zweiter Klasse nach Paris begehrte.

Die Personalbeschreibung an diesem Bahnhofe stimmte genau mit der vom Bahnhofe in Chatou und der des Brückenwächters.

Zuletzt schien es ziemlich gewiß, daß ein Bäcker aus Asnières in dasselbe Coupé gestiegen war, in welchem der verdächtige Unbekannte nach Paris gefahren war, und es war unerläßlich, auch diesen zu befragen.

Tabaret hatte an ihn geschrieben; ihn gebeten, sich zu einer Unterredung in seiner Wohnung einzufinden, und eilte nun abermals in den Justizpalast, um zu erfahren, ob der Bericht über die früheren Verhältnisse der Witwe Lerouge noch nicht eingetroffen sei.

Der war richtig noch nicht angekommen, aber in der Gallerie kam ihm Gevrol mit seinem aufgefundenen Manne mit den Ohrringen entgegen.

Der Chef der Sicherheitspolizei triumphirte, und das um so mehr, als Tabaret ihn früher über die Achsel angesehen hatte. Er rief ihn an, so wie er ihn erblickte.

„He, Sie schlauer Spürhund, was gibt es Neues? Haben Sie nicht seit gestern schon wieder Einem den Hals abschneiden lassen? Ich sehe schon, Sie wollen mich um meine Stelle bringen!"

Der kleine Mann aber war gewaltig verändert.

Das Bewußtsein des Fehlers, den er begangen, machte ihn still und demüthig. Der Spott, der ihn früher außer sich gebracht hätte, ließ ihn jetzt gleichgiltig. Weit entfernt, mit gleicher Münze zurück zu bezahlen, ließ er jetzt den Kopf hängen, worüber Gevrol ganz verwundert war.

„Spotten Sie nur, mein lieber Herr Gevrol, ver= höhnen Sie mich so unbarmherzig Sie wollen, Sie haben Recht und ich habe es verdient."

„Ei, ei, was ist denn da vorgefallen? Haben Sie wieder ein neues Meisterwerk der Spionirkunst geliefert?"

Tabaret schüttelte traurig den Kopf.

„Ich habe einen Unschuldigen in das Gefängniß ge= bracht, und das Gericht will mir ihn nicht mehr freigeben."

Gevrol war entzückt, er rieb sich triumphirend die Hände.

„Das ist allerdings stark, und ein bedeutender Beweis von Geschick, denn einen Schuldigen einsperren lassen, das kann Jeder, das ist nichts Besonderes — aber einen Un= schuldigen, das will was sagen, das ist erst die wahre Kunst. Mein Herr Feinnase, ich beuge mich vor Ihnen, Sie=sind großartig."

„Lassen Sie es gut sein, ich beklage selbst meinen Irrthum nur allzu schmerzlich. Ich alter, dummer Kerl war eitel geworden, weil mir der Zufall einige Male gün= stig war. Jetzt sehe ich erst ein, daß ich trotz meiner grauen Haare ein Kind an Erfahrung bin. Leider erkenne ich es nur zu spät, da ich schon Uebles angestiftet, daß ich Lehr= ling bin, wo ich Meister zu sein glaubte. Sie, Herr Gevrol, stehen weit über uns Allen. Unterstützen Sie mich lieber mit Ihrem Rathe, leihen Sie mir Ihre Erfahrung, damit ich wieder gut machen kann, was ich übel gemacht habe."

Gevrol fühlte sich durch diese Rede nicht wenig ge=

8*

schmeichelt. Sonst auf Tabaret eifersüchtig, dessen Fähig-
keiten er selbst im Grunde hochschätzte, that es ihm un-
beschreiblich wohl, ihn jetzt so demüthig zu sehen. Er
entschloß sich deshalb, ihm ein wenig entgegen zu kommen.

„Ach, Sie meinen wahrscheinlich die Affaire in La
Jonchère?"

„Natürlich, lieber Herr Gevrol, ich wollte ohne Sie
zum Ziele kommen, und da habe ich mich schön betrogen."

Tabaret, der Schlaukopf, behielt seine reuige Miene
bei, als habe er sich auf wer weiß was für einer Sünde
ertappen lassen, um den eingebildeten Gevrol zum Plaudern
zu vermögen.

„O, Du eitler Narr," dachte er, „wenn ich Dir genug
Weihrauch gestreut habe, wirst Du mir doch endlich den
Willen thun!"

Gevrol kratzte sich die Nase, schob die Unterlippe vor
und brummte etwas Unverständliches.

Er mußte sich noch ein wenig bitten, den alten, kleinen
Herrn noch ein wenig zappeln lassen.

Endlich schlug er ihn kameradschaftlich auf die Achsel,
und sagte:

„Machen Sie sich keinen Kummer, ich bin ein guter
Kerl und trage Ihnen Nichts nach. Aber heute bin ich zu
eilig ich muß Bericht erstatten. Kommen Sie morgen Früh
zu mir, da wollen wir plaudern. Ehe ich Sie verlasse,
will ich Ihnen nur ein Licht aufzünden, daß Sie staunen
werden. Wissen Sie, wer der Mann ist, den ich mitgebracht
habe?"

„Sagen Sie es mir, guter Herr Gevrol."

„Nun sehen Sie sich den Mann an, der da auf der Bank sitzt, der ist der Ehemann der ermordeten Lerouge."

„Was? Nicht möglich!" stammelte Tabaret erstaunt. Er dachte ein wenig nach. „Sie wollen mir Etwas weißmachen."

„Nein, nein, mein Ehrenwort. Fragen Sie ihn um seinen Namen, er wird Ihnen sagen, daß er Pierre Lerouge heißt."

„So war sie keine Witwe?"

„Wahrscheinlich nicht, da ihr glücklicher Gatte hier sitzt."

„Und weiß er etwas von Wichtigkeit?"

In kurzem Auszuge theilte Gevrol seinem Kollegen aus Passion mit, was Lerouge ihm früher gebeichtet hatte.

„Was sagen Sie dazu?" fragte er schließlich.

„Was ich sage?" Tabaret sah mit gespanntem Nachdenken zur Decke auf. „Ich sage Nichts. Ich denke . . . nein, ich denke Nichts."

„Nicht wahr, das ist doch etwas werth?" fragte Gevrol strahlend.

„Eine große Errungenschaft!" erwiederte Tabaret. Doch plötzlich schnellte er zurück, schlug sich mit der Faust vor die Stirn, und rief: „Meinen Bäcker! Den hätte ich bald vergessen! Morgen auf Wiedersehen, Herr Gevrol."

„Er ist wohl nicht recht gescheit!" dachte der würdige Polizeichef.

Der kleine Mann war wohl ungestörten Denkvermögens; er dachte nur plötzlich an den Bäcker aus Asnières, ben er zu sich bestellt hatte, und fürchtete, ihn nicht mehr anzutreffen.

Auf der Treppe begegnete er Daburon, doch ließ er sich weder Zeit zum Fragen noch zum Antworten, er eilte wie ein gehetzter Hund hinaus, die Straße entlang.

Er sprach wieder für sich, wie er von jeher gewohnt war.

„Jetzt ist mein braver Noel wieder der Niemand geworden, wie er vorher war — der wird nicht lachen! Wie glücklich machte es ihn, sich so erhöht zu sehen! Gleichviel, wenn auch Albert jetzt wieder der rechte Sohn des Grafen ist, so ändert das doch nichts an meiner moralischen Ueberzeugung in Bezug auf ihn. Er hat augenscheinlich nichts gewußt von jener seltsamen Verknüpfung, die jetzt an das Tageslicht gekommen ist, eben so wenig als sein Vater. Er glaubte also, so wie der Graf, daß er wirklich der untergeschobene Sohn sei. Madame Gerdy erfuhr auch nicht, was in der Dorfschenke vorgegangen; die Wunde am Arme des Kindes wird die Amme durch irgend ein Geschichtchen erklärt haben — aber sie wußte selbst an dem wiedergefundenen Zeichen, daß Noel ihr eigener Sohn war, und zweifelte nie daran. Als Noel dann die Briefe des Grafen fand, wird sie ihm den Betrug erzählt haben, den sie sich gegen ihren Geliebten erlaubte ..."

Tabaret stand plötzlich still, als hätte ein unübersteigliches Hinderniß seinen Weg versperrt.

Er erschrak vor seiner eigenen Gedankenfolgerung, die also hieß:

Dann muß N o e l die Witwe Lerouge ermordet haben,

damit sie nicht aussagen könnte, daß die Unterschiebung
n i ch t stattgefunden, und deswegen muß er die Briefe und
Papiere verbrannt haben, die Solches bezeugen konnten!"

Mit Abscheu wies der ehrliche Mann solchen Argwohn
von sich, wie man ein häßliches Insekt fortjagt.

„Ich bin auf jeden Fall ein alter, häßlicher Dumm=
kopf, und da sieht man, wohin die Ausübung eines Ge=
werbes führt, das ich mir noch zur Ehre anrechnete! Jetzt
habe ich gar meinen einzigen Sohn, meinen Universalerben,
den edlen und tapfern Noel in Verdacht. Noel, den ich seit
zehn Jahren kenne, wie mich selbst, den ich achte und be=
wundere wegen seiner Tugendhaftigkeit! Welch' ungezügelte,
wilde. Leidenschaft muß einen Menschen bewegen, damit er
eines Mitmenschen Blut vergießen kann, und ich kannte
nur zwei Gegenstände, welchen Noel leidenschaftlich ergeben
war: die Arbeit und seine Mutter.

„Man sieht, der Mensch wird durch beständigen Ver=
kehr mit Verbrechern so argwöhnisch, daß er am Ende seine
eigenen Angehörigen für Mörder hält. Ich habe doch wahr=
lich erst eine schreckliche Erfahrung gemacht, und darf mich
wohl hüten, wieder einen Verdacht auf irgend Jemanden
zu leiten."

So bekämpfte er seine eigene Unruhe und schalt sich
selber; doch die Gewohnheit scharfer Vernunftschüsse ließ
ihm keine Ruhe, und eine innere Stimme flüsterte immer
wieder:

„Wenn es d o ch Noel wäre!"

Der kleine Mann war während seines Selbstgesprächs
in der Rue Saint-Lazare angekommen.

Vor der Thür seines Hauses hielt eine elegante Equipage mit prachtvollen Pferden bespannt. Er stand unwillkürlich still.

„Schöne Thiere!" sprach er bewundernd; „meine Miethsleute müssen noble Bekanntschaften haben."

Kaum hatte er diese Betrachtung ausgesprochen, als er den würdigen Herrn Clergeot aus seinem Hausthore treten sah. Das war ihm eine unangenehme Ueberraschung, denn die Gegenwart dieses Herrn war allemal das sichere Zeichen eines ruinirten Vermögens, eben so wie unzweifelhaft in einem Hause ein Todter liegt, wo die schwarzen Männer aus- und eingehen.

Tabaret kannte als geheimer Agent der Polizei natürlich den ehrlichen Wucherer sehr genau. Er hatte sogar in jener Zeit, wo er Bücher sammelte, mit ihm Geschäfte gemacht. Er hielt ihn fest.

„Sie da, altes Krokodill? Was haben S i e denn in meinem Hause zu thun?"

„Es scheint so," erwiederte Clergeot trocken, der es nicht liebte, so familiär behandelt zu werden.

„Sieh', sieh'!" sagte Tabaret, und wurde nun erst recht neugierig, von wem der Geldmann komme, denn es konnte ihm doch nicht gleichgiltig sein, ob die Leute in seinem Hause Bankerott machten oder nicht. Er fuhr fort:

„Wen, zum Teufel, wollen Sie hier ruiniren?"

„Ich ruinire Niemanden," antwortete Clergeot mit beleidigter Würde. „Haben S i e sich etwa über mich zu beklagen gehabt? Ich glaube doch nicht. Fragen Sie den jungen Advokaten, mit dem ich zu thun habe, und er wird

Ihnen sagen, ob er bedauert, meine Bekanntschaft gemacht zu haben."

Tabret hatte ein peinliches Gefühl bei diesen Worten.

Wie? Noel, der vorsichtige Noel war d o ch Clergeot's Schuldner? Wie kam er nur dazu? Vielleicht war es noch nicht so schlimm. Doch fielen ihm wieder die fünfzehn= tausend Francs vom Donnerstag ein.

„Ach ja, ich weiß," sagte Tabaret, um mehr zu er= fahren, „Herr Gerdy gibt viel Geld aus."

Clergeot vertheidigte stets Diejenigen, denen er lieh; er entgegnete:

„Er selbst wirft das Geld eben nicht hinaus, das thut seine stolze Schöne. Sie ist eine kleine Puppe, aber sie ist im Stande ein bedeutendes Vermögen mit Stumpf und Stiel zu verzehren."

Es kam immer schöner! Noel unterhielt auch eine leichtsinnige Person, und zwar eine solche, die Clergeot, der Freund und Beschützer solcher Damen, selbst als ver= schwenderisch bezeichnete! Eine solche Offenbarung, in sol= chem Augenblicke, traf den Biedermann mitten in's Herz. Tabaret bezwang sich indessen, um nicht den Argwohn des Wucherers zu wecken, und möglicher Weise Genaueres zu hören.

„Das ist nichts Neues!" sagte er nachlässig. „Die Jugend will sich austoben. Wie viel glauben Sie wohl, daß dem Advokaten die kleine Spitzbübin jährlich kostet?"

„Das weiß ich, meiner Seel', nicht. Sie war so dumm, ihm keine feste Summe anzusetzen. Nach meiner Berech=

nung mag sie in den vier Jahren, seit er sie hat, ihm
ungefähr fünfmalhunderttausend Francs verschlungen haben."

Vier Jahre! Fünfmalhunderttausend Francs!

Diese Worte, diese Ziffern dröhnten dem armen
Tabaret wie Pistolenschüsse durch den Kopf. Eine halbe
Million!

Wenn das wahr war, so mußte Noel gänzlich zu
Grunde gerichtet sein. Er verbarg seinen Schmerz mit
großer Anstrengung, und sagte:

„Das ist viel, das ist ungeheuer viel. Uebrigens
glaube ich, Herr Gerdy hat noch Vermögen."

„Der?" unterbrach ihn der Wucherer kopfschüttelnd.
„Nicht so viel!" Dabei schnippte er mit den Fingern. „Er
ist ganz und gar fertig. Doch wenn er Ihnen schuldig ist,
machen Sie sich nichts daraus. Er ist ein Schlaukopf —
will heiraten. Sehen Sie, ich, der ich doch vorsichtig bin,
habe ihm auf Wechsel sechsundzwanzigtausend Francs gegeben. Auf Wiedersehen, Herr Tabaret."

Der Wucherer entfernte sich eilenden Fußes, und ließ
den armen Tabaret in seiner Verzweiflung vor der Thür
stehen.

Er fühlte fast wie ein bejammernswerther Vater, dem
das Herz brechen will, weil er seinen Sohn auf dem Wege
zum Verderben sehen muß.

Und doch war sein Glaube an Noel noch so fest, daß
er sein gesundes Urtheil betäuben wollte, und die Zweifel,
die ihn bestürmten, von sich weisen. Es konnte ja auch sein,
daß der Wucherer den Advokaten verleumdet hatte!

Leute, die über zehn Prozent nehmen, sind Alles im

Stande, redete er sich ein. Es lag auf der Hand, daß der erbärmliche Kerl die Summen viel höher angegeben hatte, die er dem Advokaten geliehen.

Und wenn er wirklich eine Geliebte hätte! Wie viele Männer begehen nicht die größten Thorheiten um der Weiber willen, und bleiben deshalb doch ehrenwerth!

Er trat in seine Hausthür, als ihm etwas Rauschendes, Flimmerndes von Seide, Spitzen und Sammt entgegenflog, daß er zurücktreten mußte.

Eine hübsche, brünette, junge Frau war es, die, leicht wie ein Vogel, auf den eleganten Wagen zuhüpfte, und darin verschwand.

Tabaret verschmähte sonst nicht, eine Schöne neugierig zu beäugeln, und die Dame schien schon der Mühe werth zu sein — doch diesmal hatte er keine Augen für sie. Er trat in das Haus, und sah seinen Portier noch mitten im Hausflur, mit der Mütze in der Hand, stehen, wie er liebäugelnd ein Zwanzigfrancsstück ansah, das er in der Hand hielt.

„Ach, Herr," sagte der Mann, „das war eine hübsche Dame, und die weiß zu leben! Warum kamen Sie nicht fünf Minuten früher!"

„Welche Dame? Warum?"

„Die feine Dame, die da eben fortfährt. Sie wollte wissen, was es mit dem Herrn Gerdy für eine Bewandtniß habe. Sie gab mir das Geld, damit ich auf ihre Fragen antworte. Es scheint, daß der Advokat heiraten will, sie war sehr aufgebracht darüber. Eine reizende Person!

Gewiß ist sie seine Maitresse. Jetzt begreife ich, warum er keine Nacht zu Hause war."

„Herr Gerdy?"

„Freilich, Herr, ich sprach niemals darüber, weil er Alles so heimlich hielt. Er ließ mich niemals ihm auf= sperren, sondern schlüpfte immer durch die kleine Thür im Schuppen herein. Ich dachte mir: Er will Dich wahr= scheinlich nicht im Schlafe stören, fand das sehr zart= fühlend und ließ ihm seinen Willen."

Der Portier hatte während seiner Erzählung das Auge auf sein Geldstück geheftet. Als er den Kopf erhob, um zu sehen, was sein Herr dazu für ein Gesicht mache, war Tabaret nicht mehr da.

„Das ist die Möglichkeit! Ich wette, der alte Kerl läuft der schönen Dame nach!" rief der Mann verblüfft. „Nun, lauf' nur, alter Narr, und mach' ihr den Hof, sie wird Dich schön aufsitzen lassen!"

Der Portier irrte sich nicht. Tabaret lief der Dame in dem eleganten Wagen nach.

Plötzlich war ihm der Gedanke gekommen: „Durch die kann ich Alles erfahren!" und mit einem Sprunge war er wieder auf der Straße.

Glücklicher Weise sah er noch, wie der Wagen eben um die Straße Saint=Lazare bog.

„O Himmel!" murmelte er, „ich verliere sie aus den Augen, und doch ist nur bei ihr die Wahrheit zu er= fahren!"

Er war in einem Zustande übermächtiger Aufregung, welche uns zuweilen befähigt, Wunderbares zu leisten.

Er flog wie ein junger Bursch' von zwanzig Jahren um die Ecke der Straße.

O Glück! nur fünfzig Schritte vor ihm stand die Equipage in der Straße du Havre, durch eine Stockung mehrerer Wägen aufgehalten.

„Jetzt werde ich ihn einholen!" sagte Tabaret.

Seine Blicke überflogen eilig den Platz um den Ost= bahnhof, wo sonst immer Fiaker sich aufhalten — vergebens, kein Gefährt war zu sehen.

Er hätte fast, wie Richard III., gerufen:

„Mein Vermögen für einen Wagen!"

Jetzt war die Equipage aus dem Wirrwar gelöst und flog wieder der Straße Tronchet zu. Tabaret lief nach.

Er hielt sich tapfer, der Wagen hatte keinen großen Vorsprung.

Während des Laufens, indessen seine Augen einen Wagen suchten, sagte er zu sich:

„Vorwärts, laufe nur, alter Knabe! Was man nicht im Kopfe hat, muß man in den Füßen haben. Hopp, hopp! Konnte ich nicht Clergeot nach der Wohnung der lockeren Dame fragen? Rasch, rasch, Alter, noch schneller! Willst Du ein Spion sein, so schaffe Dir Beine an, ein Spion muß flüchtig sein, wie ein Hirsch."

Er wollte um jeden Preis Noel's Maitresse einholen, sie sprechen. — Doch er kam nicht nach, unmöglich.

Er war erst in der Mitte der Straße Tronchet und konnte schon nicht mehr, seine Füße, fühlte er, würden ihn kaum weiter tragen, und der Wagen erreichte schon die Straße Madeleine.

Doch das Glück verläßt den Tapfern nicht. Hinter ihm kam jetzt ein offener Wagen, er war leer.

Tabaret winkte mit verzweifeltem Eifer, der Kutscher lenkte auf ihn zu, mit einem Sprunge war Tabaret im Wagen, und winkte mit der Hand:

„Die blaue Equipage, dort unten, zwanzig Francs!"

„Verstanden!" antwortete der Kutscher, und zwinkerte mit den Augen.

Er hieb seinem Klepper einen gewaltigen Streich über den mageren Rücken, und brummte für sich:

„Gewiß ein eifersüchtiger Mann, der seiner Frau nach= fährt. Das kennen wir schon. Hu, alter Bursche!"

Es war die höchste Zeit für Tabaret. Er brauchte geraume Zeit, um wieder zu Athem zu kommen. Jetzt kamen sie auf den Boulevard. Tabaret stand auf in dem Wagen, stützte sich auf den Kutschensitz, und sagte:

„Ich sehe die blaue Equipage nicht mehr."

„Ich sehe sie schon noch, sie hat vortreffliche Pferde."

„Deines muß noch besser sein; ich sagte zwanzig Francs, Du sollst vierzig haben."

Der Kutscher hieb auf sein Pferd los, was er konnte, und brummte dabei:

„Dagegen ist Nichts zu machen, ich muß sie einholen. Wegen zwanzig Francs hätte ich sie noch fahren lassen, denn ich bin sehr für das schöne Geschlecht. Aber den Teufel auch — zwei Louisd'or! — Wie kann man nur eifersüchtig sein, wenn man so häßlich ist!"

Tabaret gab sich inzwischen die größte Mühe, an andere Dinge zu denken.

Er wollte den Eindruck ganz unbefangen aufnehmen, den ihm die Person machen würde, er wollte nicht urtheilen, bevor er sie gesprochen und geschickt ausgefragt hätte.

Er war überzeugt, daß er durch sie sogleich dem Dinge auf den rechten Grund kommen würde.

Fortwährend peinigte ihn wieder der Gedanke, daß Noel doch der Mörder sein könnte, so oft er ihn auch unwillig von sich stieß.

Jetzt passirten sie die Chaussee d'Antin, der blaue Wagen war nur dreißig Schritte entfernt. Tabaret's Kutscher drehte sich um.

„Herr, die Equipage hält."

„Halte auch, und laß' sie nicht aus den Augen, damit Du gleich wieder zufahren kannst."

Tabaret beugte sich so weit als möglich aus dem Wagen.

Die junge Dame stieg heraus und ging über das Trottoire in einen eleganten Laden, wo Shawls und Spitzen verkauft wurden.

„Aha, dahin kommen die Tausendfrancs-Noten!" dachte Tabaret. „Eine halbe Million in vier Jahren! Schrecklich, diese elenden Geschöpfe müssen das Geld rein aufessen, was ihnen die verblendeten Männer mit vollen Händen in den Schoß werfen! Wie machen sie denn nur diese so schlau zu ihren Sklaven? Sie müssen ein Geheimmittel, einen Liebestrank zu brauen verstehen, womit sie ihre Opfer betäuben. Sie müssen eine besondere Kunst besitzen, das Vergnügen zu würzen und zuzubereiten, denn wenn ein Mann einmal in ihre Krallen gerathen, so opfert er Alles, ehe er sich wieder losmacht."

Beide Wagen setzten sich wieder in Bewegung, doch die Equipage hielt noch einmal vor einem Magazin eleganter Kleinigkeiten.

„Will denn die Kreatur ganz Paris einkaufen!" murmelte der alte Mann wüthend. „Ja, sie, sie ist schuld an dem Verbrechen, wenn Noel es begangen hat. Wahrscheinlich verarbeitet sie eben meine fünfzehntausend Francs. Wie viel Tage werden sie vorhalten? So hätte Noel endlich um elenden Mammon's willen die Witwe Lerouge ermordet! Ach, er wäre dann der verächtlichste, niedrigste Verbrecher, ein Ungeheuer an Heuchelei und Verstellung!

„Wenn mich der Schlag träfe in diesem Augenblicke, so wäre er mein Erbe! In allen meinen Schriften steht: „Ich hinterlasse meinem Sohne, Noel Gerdy, so und so viel . . ." Wäre er der Schuldige, so wäre keine Strafe hart genug für ihn . . . Aber, mein Gott, wird denn die Person gar nicht fertig?"

Sie ließ sich Zeit, das Wetter war schön, ihr Toilette war entzückend, sie wollte sich sehen lassen. Sie besuchte noch mehrere glänzende Läden, und hielt zuletzt bei einem Zuckerbäcker, wo sie länger als eine Viertelstunde blieb.

Der gute Tabaret wollte vor Ungeduld vergehen, er stampfte verzweifelt den Boden in seinem Wagen.

Welche Marter, die Lösung eines so wichtigen Räthsels, die ein Wort geben könnte, von den Launen einer Thörin abhängig gemacht zu sehen! Er hätte ihr nachstürzen, sie beim Arm packen und ihr zurufen mögen:

„Geh' nach Hause, Unglückselige, geh' nach Hause!

Was thust Du hier? Weißt Du nicht, daß Dein Geliebster, den Du zu Grunde gerichtet, eines Mordes verdächtig ist? Geh endlich nach Hause, daß ich Dich ausfragen kann, daß ich von Dir erfahre, ob er schuldig ist oder nicht. Du wirst es mir sagen, ohne es selbst zu wissen. Ich werde Dich mit Fragen überlisten, ehe Du es ahnst. Geh nach Hause, die Angst tödtet mich."

Endlich fuhr sie nach Hause.

Die Equipage fuhr die Straße vom Faubourg Montmartre hinauf, nnd wandte sich in die Straße de Provence, wo die schöne Launenhafte vor der Thür ihrer Wohnung abstieg und verschwand.

„Gott sei Dank, da wohnt sie!" seufzte Tabaret erleichtert.

Er stieg aus dem Wagen, gab dem Kutscher das Versprochene, befahl ihm zu warten, und eilte der Dame nach in das Haus.

„Gedulbig ist er," dachte der Kutscher, „aber die kleine Brünette scheint ihren Kopf für sich zu haben."

Taberet öffnete ohne Weiteres die Thür des Behältnisses, worin sich der Hausbesorger aufhielt, und fragte:

„Wie heißt die Dame, die soeben hereingekommen?"

Der Portier sah Tabaret verwundert an, und schien sehr wenig aufgelegt, die Frage zu beantworten.

„Ihr Name!" wiederholte er im Tone eines Polizei-Agenten.

Durch die kurze, befehlende Wiederholung fand sich der Portier denn doch veranlaßt, zu antworten.

„Madame Juliette Chaffour."

„Wo wohnt sie?"

„Im zweiten Stock, die Thür der Treppe gegenüber."

Tabaret befand sich wenige Minuten später im Salon der Madame Juliette, wo er warten mußte. Madame kleide sich aus, hieß es, und werde gleich erscheinen.

Der Biedermann erschrak über den enormen Luxus der Einrichtung. Alles war geschmackvoll, in edlem Style und beleidigte das Auge nirgends durch Ueberladung. Tabaret hatte auch hierin Erfahrung, er sah, daß Alles sehr kostbar und ausgesucht selten sei. Die Kostbarkeiten, womit der Kamin geschmückt war, schätzte er allein auf zwanzigtausend Francs.

„Clergeot," dachte er, „hatte nicht übertrieben."

Juliettes Erscheinen machte diesen Gedanken ein Ende.

Sie hatte ihr Kleid abgelegt, und in der Eile ein weites, schwarzes Negligée umgeworfen, das mit rothem Atlas garnirt war. Ihr prachtvolles Haar fiel in leichter Unordnung in Wellen auf ihren Hals hinab, und lockte sich hinter den feinen Ohren. Tabaret war geblendet. Sie war wirklich verführerisch.

„Sie wünschen mich zu sprechen?" fragte sie mit graziöser Verbeugung.

„Ich bin ein Freund Noels, sein bester Freund, kann ich wohl sagen, und komme . . ."

„Nehmen Sie doch gefälligst Platz, mein Herr," unterbrach ihn Juliette.

Sie lehnte sich bequem auf einen Sopha, und ließ einen ihrer Pantöffelchen auf der Spitze ihres Fußes tanzen. Tabaret setzte sich auf einen Fauteuil.

„Ich komme, Madame, einer ernsten Angelegenheit wegen," fuhr er fort. „Ihr Besuch im Hause des Herrn Gerdy!..."

„Was, er weiß schon, daß ich dort war? Wer, zum Kukuk, hat ihm denn das gesagt?"

„Liebes Kind," fing Tabaret väterlich an.

„Ich weiß schon, was Sie wollen — Noel schickt Sie, um mich auszuzanken. Er verbot mir, in sein Haus zu kommen, doch ich konnte es nicht länger aushalten. Ist das nicht zum Narren gehalten, wenn der Geliebte nie ordentlich sagt, was mit ihm ist, wenn er sich stets geheimnißvoll und räthselhaft in Schweigen hüllt, und unser Einem überläßt, sich den Kopf zu zerbrechen!..."

„Sie haben eine große Unvorsichtigkeit begangen."

„Warum? Weil er heirathen will? Warum sagte er es mir denn nicht?"

„Wenn es das nun n i c h t ist?"

„Es i st so. Ich sprach mit Clergeot, dem alten Spitzbuben, dem hat er es gesagt. Jedenfalls geht ihm Etwas im Kopfe herum, denn seit einem Monat ist er ganz verändert, ich kenne ihn gar nicht mehr."

Tabaret wollte vor allen Dingen in Erfahrung bringen, ob Noel sich nicht ein Alibi verschafft hätte für den Dienstag Abend, wo der Mord geschah. Das war für ihn von größter Wichtigkeit. Stellte sich das Alibi heraus, dann war kein Zweifel mehr an des Advokaten Schuld; war keines vorhanden, so konnte Noel noch unschuldig sein. Das mußte sich doch herausbringen lassen.

Tabaret hatte alle Fragen, die er der Dame vorlegen wollte, im Voraus wohl überlegt.

Die Lebhaftigkeit der jungen Frau brachte ihn so oft aus dem Conzept. Er fragte jetzt auf Gerathewohl:

„Wollen Sie denn Noels Verheirathung zu hindern suchen?"

„Warum nicht gar!" lachte Juliette hell auf. „Der arme Mensch! wenn ihm Keiner als ich Etwas in den Weg legt, so kann er unbesorgt sein. Er soll heirathen, der liebe Noel, und zwar so schnell als möglich, damit ich nichts mehr von ihm höre!"

„Lieben Sie ihn denn nicht?" fragte Tabaret, über diese liebenswürdige Offenheit verwundert.

„Ich habe ihn geliebt, ja, doch wissen Sie, Alles nützt sich ab. Ich führe seit den vier Jahren, daß er mich einsperrt, ein unerträgliches Leben. Wenn mich Noel nicht bald verläßt, so gehe ich ihm davon. Ich habe es satt, einen Liebhaber zu besitzen, der sich meiner schämt und mich verachtet."

„Es scheint doch nicht so, daß Sie ihm gleichgültig sind!" Dabei sah Tabaret mit bezeichnendem Blicke auf die Prachtgegenstände rings umher.

„Sie wollen damit sagen, daß er viel für mich ausgegeben hat — das ist wahr. Er sagt, er habe sich meinetwillen zu Grunde gerichtet — das ist ganz möglich. Was geht mich das an? Wissen Sie, ich bin nicht habsüchtig, weniger Geld und eine angenehme Stellung wäre mir lieber gewesen. Verdruß und Leere haben mich zu mancher Thorheit getrieben. Gerdy behandelt mich, als

habe ich keinen Theil an ihm, so habe ich auch keine Rücksicht auf ihn zu nehmen, und wir sind quitt."

„Sie wissen wohl, daß er Sie über Alles liebt."

„Er? Ich sage Ihnen ja, daß er sich meiner schämt,
mich versteckt, wie eine heimliche Sünde. Sie sind der
erste seiner Freunde, mit dem ich ein Wort sprechen kann.
Fragen Sie ihn selbst, ob er mich je ausgeführt hat, als
ob es ihn entehre, mit mir gesehen zu werden! Sehen
Sie, vergangenen Dienstag waren wir im Theater. Er
hatte eine ganze Loge genommen, doch glauben Sie, daß
er bei mir geblieben wäre? Keine Spur. Er machte sich
davon, und kam den ganzen Abend nicht wieder."

„Und Sie mußten allein nach Hause fahren?"

„Nein, das nicht. Am Ende des Stückes, gegen Mitternacht, kam er wieder, denn es war bestimmt, daß wir
noch auf den Ball im Opernhause und dann zum Souper
gehen sollten. Sie glauben nicht, wie unterhaltend das
war. Auf dem Balle nahm er weder sein Capuchon ab,
noch lüftete er seine Maske einen Augenblick, damit er
nur nicht erkannt werde. Beim Souper, wozu er mehrere
Freunde geladen, mußte ich ihn wie einen Fremden be-
handeln."

Jetzt kam das Alibi zum Vorschein, das für einen
Unglücksfall vorbereitet worden war.

Wäre Juliette nicht so aufgeregt gewesen über das
ihr widerfahrene Unrecht, sie hätte Tabarets Bewegung
bemerken müssen, und wäre gewiß still geworden.

Der arme Mann saß bleich und fassungslos da.

„Was thuts," stammelte er mit übermenschlicher An=
strengung, „das Souper war doch gewiß recht heiter."

„Heiter?" wiederholte Juliette spöttisch, „wenn Sie
das sagen, so kennen Sie Ihren Freund sehr wenig. Wenn
Sie ihn je zu Mittag einladen, so geben Sie ihm nicht
zu viel zu trinken, denn dann macht er erst ein rechtes
Leichenbittergesicht. Bei der zweiten Flasche war er schon
total betrunken, so verwirrt, daß er alle seine Sachen ver=
lor, seinen Paletot, Regenschirme, Geldtasche, Cigarren=
Etui und so weiter."

Der alte Tabaret konnte Nichts mehr hören, er stand
auf, und rief außer sich mit den heftigsten Armbewegungen:

„Der Elende! der Bösewicht — der niederträchtige
Mensch! Er ist es, und jetzt habe ich ihn!"

Er lief fort, ohne ein Wort weiter zu sagen, und
Juliette war so erschrocken, daß sie nach ihrem Mädchen
rief.

„Kind, ich habe eine entsetzliche Dummheit begangen,
es wird ein Unglück geben, ich ahne es, ich fühle es. Der
alte Herr ist gewiß kein Freund von Noel, er kam, um
mich auszuforschen, um mir die Wahrheit herauszulocken,
und erreichte seinen Zweck. Ohne es zu ahnen, habe ich
Etwas erzählt, das Noel compromittirt hat. Was ich
nur verrathen haben muß? Ich mag nachdenken, wie ich
will, ich kann nichts Verdächtiges finden. Gleichviel, er muß
benachrichtigt werden. Ich will ihm einige Worte schrei=
ben, laufe Du geschwind und hole einen Commissionair."

Tabaret hatte sich wieder in seinen Wagen geworfen,
und eilte, so schnell es ging, nach der Polizei=Präfektur.

Sein Haß und Zorn gegen Noel war jetzt eben so stark als früher seine Freundschaft und Theilnahme für ihn.

Hatte er sich nicht von dem Verbrecher auf die lächerlichste Weise zum Narren halten lassen? Er dürstete nach Rache, nach Vergeltung, er sann auf eine Strafe, die nicht allzusehr hinter dem Verbrechen zurückbliebe.

„Denn daß er die Witwe Lerouge ermordete, ist nicht sein einziges Verbrechen. Er hat es mit kluger Berechnung so eingerichtet, daß ein Unschuldiger angeklagt und fast verurtheilt werden mußte. Wahrscheinlich tödtete er auch seine arme Mutter!"

Tabaret bedauerte in diesem Augenblicke, daß die Folter schon abgeschafft war, daß die Marterwerkzeuge eines Scharfrichters aus dem Mittelalter: Holzstoß, Rad und Pranger nicht mehr existirten.

Die Guillotine macht ihre Arbeit so rasch, daß der Verurtheilte kaum Zeit hat, den kalten Stahl in seinem Nacken zu fühlen, und schon ist die ganze Geschichte vorbei.

Um der Todesstrafe ihre Grausamkeit zu nehmen, hat man sie zu Etwas gemacht, das alle seine Schrecken für die Menschheit verloren hat, darum hat sie auch kein Recht mehr, überhaupt zu existiren.

Die Gewißheit allein, Noel packen und ihn dem Gericht überliefern zu können, hielt den kleinen Mann noch aufrecht.

„Es ist außer Zweifel," murmelte er, „daß Noel in der Eile, zu rechter Zeit wieder in das Theater zu kommen, seine Maitresse dort abzuholen, seine Sachen auf der Eisenbahn verloren hat. Wenn sie nur wiedergefunden

wären! Wenn er auch noch die höllische Klugheit besessen
hat, sie unter falschem Namen abholen zu lassen, dann
sehe ich nicht ein, wie er überführt werden soll. Das Zeug=
niß dieser Madame Chaffour nützt uns nichts. Die kleine
Närrin wird Alles ableugnen, sobald sie sieht, es könne
ihrem Geliebten Schaden bringen; sie wird dann behaup=
ten, er sei bis nach zehn Uhr bei ihr geblieben. Ich hoffe
aber doch, daß Noel nicht gewagt hat, sich bei der Eisen=
bahn anzufragen."

Noch unterwegs überfiel den kleinen Mann, auf den
so heftige Erregungen eingestürmt, plötzlich ein Schwindel.

„Wenn mich der Schlag trifft, so rutscht Noel durch
und wird mein Erbe — das darf nicht sein. Uebrigens
sollte man stets sein Testament bei sich tragen, wenn man
einmal eines gemacht hat, es könnte der Augenblick kom=
men, wo man Viel darum gäbe, es zerreißen zu können."

Er sah in der Nähe das Schild eines Wundarztes,
ließ den Wagen halten, und eilte in das Haus.

Der Wundarzt erschrak, als der kleine Mann in
höchster Aufregung, mit entstellten Mienen, auf ihn zutrat,
und ohne Vorrede begehrte:

„Lassen Sie mir zur Ader!"

Er wollte Einwendungen machen, doch sein Patient
hatte schon den Rock ausgezogen, den Hembärmel aufgestreift,
und hielt ihm den entblößten Arm hin.

„So lassen Sie mir doch rasch zur Ader — wollen
Sie, daß mich der Schlag treffen soll?"

Das entschied, der Wundarzt verrichtete sein Werk, und
Tabaret verließ erleichtert und beruhigt sein Haus.

Eine Stunde später befand er sich in Begleitung einer Gerichtsperson auf dem Eisenbahnhofe, und erkundigte sich nach den verlorenen Gegenständen.

Er erfuhr, daß am Abende des Fastnachtsdienstages in einem Coupé zweiter Classe ein Paletot und ein Regenschirm gefunden worden waren.

Er erkannte die gebrachten Effekten sofort als Noel zugehörig.

In einer Tasche des Paletots befand sich ein Paar grauer, zerrissener und zerkratzter Handschuhe, und ein Retourbillet nach Chatou, welches nicht benutzt worden war.

Tabaret wußte ja längst ganz genau, welche Unthat sein ehemaliger Liebling begangen haben mußte. Der Argwohn, der plötzlich in ihm aufgetaucht, hatte seitdem durch das Gespräch mit Clergeot durch so viele Umstände Bestätigung erhalten, und war ihm durch die Aussage Juliettens unzweifelhaft geworden — und dennoch, als Tabaret die Gegenstände vor sich sah, die handgreiflich den letzten Zweifel vernichteten, stand er wie versteinert.

Endlich raffte er sich auf und rief:

„Jetzt gilt es ihn gefangen zu nehmen!"

Ohne eine Minute zu verlieren, ließ er sich zum Justizpalast führen, wo er den Untersuchungsrichter zu finden hoffte.

Glücklicherweise hatte Daburon sein Zimmer noch nicht verlassen, obwohl die Amtsstunden längst vorüber waren. Er sprach mit dem Grafen Commarin, und setzte ihn von der Aussage des Pierre Lerouge in Kenntniß, den der Graf für längst gestorben hielt.

Tabaret stürzte herein wie ein Wirbelwind, so eilig, daß er die Anwesenheit eines Fremden nicht einmal bemerkte.

„Herr Richter," rief er außer sich, „Herr Richter, der wirkliche Mörder ist gefunden! Er ist es, mein Adoptivsohn, mein Erbe — Noel!"

„Noel?" wiederholte Daburon aufstehend, und fügte leise hinzu: „ich dachte mir so Etwas."

„Sie dürfen ihn nur rasch verhaften lassen, denn wenn wir eine Minute verlieren, schlüpft er uns zwischen den Fingern durch wie ein Aal! Seine Maitresse wird ihn schon benachrichtigt haben, daß ich bei ihr war, und dann weiß er, daß er entdeckt ist. Eilen wir, Herr Richter, eilen wir!"

Daburon wollte wissen, wie das gekommen, doch Tabaret, der einmal im Zuge war fuhr fort:

„Das ist noch nicht Alles. Auch ein Unschuldiger, der Vicomte, ist im Gefängnisse."

„In einer Stunde wird er es verlassen haben, ehe Sie kamen, traf ich alle Verfügungen, ihn in Freiheit zu setzen — sprechen wir jetzt von dem Andern."

Weder Tabaret noch Daburon bemerkten, daß der Graf Commarin verschwunden war.

Bei Nennung des Namens Noel hatte er sich leise entfernt, und war eiligst die Gallerien entlang gegangen.

———

XIX.

Noel hatte dem Grafen versprochen, alles Mögliche zu versuchen, um Albert's Freilassung zu erlangen.

Er besuchte allerdings einige Personen des Gerichts= hofes, und richtete es so ein, daß er überall abgewiesen wurde.

Um vier Uhr erschien er im Hotel Commarin, um den Grafen von dem geringen Erfolge seiner Bemühungen in Kenntniß zu setzen.

„Der Herr Graf ist ausgegangen," sagte Denis, „aber wenn die Güte haben wollen, zu warten . . ."

„Ich werde warten."

„Wollen Sie mir dann gefälligst folgen, ich habe Befehl vom Herrn Grafen, Sie in sein Zimmer zu führen."

Dieser Beweis von Vertrauen gab dem entzückten Noel eine Idee von seiner neuen Machtstellung.

Er war hier zu Hause; in dem prächtigen Schlosse war er der Herr, der einstige Erbe.

Allein gelassen in dem Zimmer des Grafen, fiel sein

Blick zuerst auf den Stammbaum des edlen Geschlechts. Er trat näher und las.

Es war ein schönes Blatt aus dem Buche der Geschichte Frankreichs. Wie viele jener Namen las er nicht hier, die dort eine große Rolle gespielt, und mit den Commarin durch Verheiratung verwandt waren. Zwei Grafen Commarin hatten Prinzessinnen aus dem regierenden Hause Frankreichs geheiratet.

In stolzer Freude schwoll ihm das Herz, seine Pulse klopften rascher, er erhob stolz sein Haupt und flüsterte:

„Und ich bin Vicomte de Commarin!"

Die Thür ging auf, der Graf trat ein.

Schon verneigte sich Noel respektvoll — da fesselte ihn der Blick des Grafen, ein Blick voll Haß, Zorn und Verachtung, an seinen Platz.

Es überlief ihn kalt, er sah wohl, daß er verloren war.

„Elender Betrüger!" rief der Graf.

Seine eigene Heftigkeit fürchtend, warf er seinen Stock in einen Winkel.

Er wollte seinen Sohn nicht schlagen, er hielt ihn nicht für würdig, von seiner Hand geschlagen zu werden.

In tödtlichem Schweigen standen die Beiden sich eine kleine Weile gegenüber, sie dünkte Jedem eine Ewigkeit lang.

Jeder der Beiden empfand und dachte in dieser kurzen Zeit eine Welt von Gedanken und Empfindungen durch, die sich in keine Worte fassen ließen.

Noel wagte zuerst zu sprechen.

„Herr Graf," fing er an.

„Schweig', Bube," sagte der Graf mit dumpfer Stimme, „sprich kein Wort! Großer Gott, wie ist es möglich, daß Du mein Sohn bist! Daran ist leider kein Zweifel mehr, Unseliger! Du wußtest wohl, daß Du der Sohn der Madame Gerdy bist! Du mordetest um zu betrügen, und setztest Alles in Bewegung, damit Dein Verbrechen einem Unschuldigen zur Last falle! Auch Deine Mutter hast Du gemordet!"

Der Advokat wollte sich dagegen verwahren.

„Du hast sie wohl gemordet, und wenn auch nicht durch Gift, so doch durch Dein Verbrechen. Jetzt begreife ich Alles. Es waren keine Fieberfantasien, was sie an jenem Tage sprach — Du weißt so gut als ich, was sie gesprochen. Du horchtest an der Thür, und tratest ein, als Du fürchten mußtest, sie werde Deine Unthaten enthüllen, wenn sie weiter spräche. Ihr letztes Wort: „Mörder!" galt Dir und sonst Niemandem."

Noel war vor dem furchtbaren Blicke, den furchtbaren Worten des Grafen langsam zurückgewichen, bis er im Hintergrunde des Zimmers an der Wand stand, den Oberkörper zurückgebogen, mit entsetzten Blicken vor sich hinstarrend. Heftiges Zittern durchbebte seinen Körper. Die schrecklichste Angst stand auf seinem Gesicht, die Angst des entdeckten Verbrechers.

„Du siehst, ich weiß Alles, und ich bin nicht der Einzige, der es weiß. In diesem Augenblicke ist der Verhaftsbefehl für Dich schon ausgefertigt."

Ein dumpfes Grollen verhaltener Wuth rang sich

über die zusammengepreßten Lippen des Advokaten. Im
Augenblicke des stolzesten Triumphes wie vom Blitzstrahl
zu Boden geschlagen, sammelte er jetzt seine letzte Kraft
zur Gegenwehr. Er sah den Grafen lauernd an.

Dieser trat zu seinem Schreibtische, öffnete ein Fach,
ohne Noel anzusehen, und sagte:

„Es wäre meine Pflicht, Dich dem Scharfrichter zu
überliefern, der Dich erwartet — doch ich will mich erinnern, daß ich das Unglück habe, Dein Vater zu sein.
Setze Dich nieder, schreibe ein vollständiges Geständniß
Deines Verbrechens nieder, und unterzeichne es. Dann
kannst Du Dich dieser Pistolen bedienen — und Gott sei
Dir gnädig!"

Der Graf wollte das Zimmer verlassen, doch Noel
hielt ihn mit einer Bewegung zurück, zog einen Revolver
aus der Tasche, und sagte:

„Ihre Pistolen brauche ich nicht, meine Vorkehrungen
sind getroffen, wie Sie sehen — lebend sollen sie mich
nicht haben. Nur Eines noch . . ."

„Was?" fragte der Graf trocken.

„Ich muß Ihnen sagen," erwiederte Noel kalt, „daß
ich mich nicht tödten will, wenigstens jetzt nicht."

„Pfui, er ist feig!" rief der Graf in verächtlichem
Tone.

„Das eben nicht. Doch ich will nicht eher Hand an
mich selbst legen, als bis ich sehe, daß mir jeder Ausweg
verschlossen ist und ich mich nicht mehr retten kann."

„Elender!" sprach der Graf drohend, „muß ich denn
selbst . . ."

Er eilte auf das offen gebliebene Fach des Schreib=
tisches zu — doch Noel stieß es mit dem Fuße zu.

„Hören Sie mich an, Herr Graf," sprach der Advokat
mit scharfer, heiserer Stimme, wie sie dem Menschen, der
sich in äußerster Gefahr befindet, wohl eigen, „verlieren
wir die kostbare Zeit nicht mit unnützen Redensarten. Ich
habe ein Verbrechen begangen, das ist wahr, ich will es
nicht beschönigen — doch wer legte den Grund dazu, wenn
nicht Sie? Jetzt sind Sie so gnädig, mir eine Pistole
anzubieten — nein, ich danke. Diese Großmuth kann ich
nicht brauchen. Sie möchten vor allen Dingen die Schande
vermeiden, die bei öffentlicher Gerichtsverhandlung unab=
wendbar auf Ihren Namen kommen müßte."

Der Graf wollte etwas entgegnen.

„Lassen Sie das!" unterbrach ihn Noel in gebieteri=
schem Tone. „Ich will mich nicht opfern, ich will mein
Leben retten, wenn es möglich ist. Geben Sie mir die
Mittel zu fliehen, und ich verspreche Ihnen dagegen, daß
ich eher sterben, als mich fangen lassen will. Ich sage
Ihnen, daß ich Mittel brauche, denn ich habe keine zwanzig
Francs mehr. Meine letzte Tausender=Banknote ist an dem
Tage zum Teufel gegangen — nun Sie wissen ja. Bei
meiner Mutter ist nicht mehr so viel, als zur Beerdigung
nöthig. Also Geld!"

„Niemals!"

„So will ich mich dem Gericht ausliefern, und Sie
werden sehen, was aus dem Rufe wird, der Ihnen so
theuer ist."

Der Graf sprang, außer sich vor Zorn, auf seinen

Schreibtisch zu, um eine Pistole zu nehmen. Noel trat ihm entgegen.

„Nur keinen Faustkampf," sagte er höhnisch, „ich bin der Stärkere."

Der Graf wich zurück.

Als Noel von Schande und öffentlicher Gerichtsverhandlung sprach, hatte er in's Schwarze getroffen.

Der Graf stand und überlegte. Er schwankte zwischen dem Bedürfniß, dem Schurken die gerechte Strafe zu ertheilen, und dem Wunsche, seinen Ruf unbefleckt zu erhalten.

Endlich siegte sein adeliger Stolz.

„Machen wir ein Ende," sagte er mit einer Stimme, worin die schärfste Verachtung lebte, „ich will nicht mehr von der Art hören. Wie viel verlangst Du?"

„Geld, viel Geld, so viel Sie hier haben, aber rasch."

Am Samstag Vormittag hatte der Graf sich von seinem Banquier eine bedeutende Summe holen lassen, um den Haushalt dessen, den er für seinen rechtmäßigen Sohn hielt, standesmäßig einzurichten.

„Ich habe achtzigtausend Francs hier," sagte er.

„Es ist wenig, doch geben Sie her. Ich habe auf fünfmalhunderttausend Francs gerechnet, die ich von Ihnen haben will. Wenn es mir gelingt, der Verfolgung zu entgehen, so haben Sie viermalhundert und zwanzigtausend Francs für mich in Bereitschaft zu halten. Verpflichten Sie sich, mir die Summe auszuzahlen, sobald ich sie beanspruche? Ich werde ein Mittel ausfindig machen, sie von Ihnen holen zu lassen, ohne mich zu verrathen. Um diesen Preis sollen Sie nie mehr von mir hören."

Der Graf schloß statt aller Antwort eine kleine eiserne Kasse auf, die in der Wand eingemauert war, zog ein Packet Banknoten daraus hervor und warf es Noel zu Füßen.

Der Advokat trat seinem Vater einen Schritt näher, warf ihm einen bösen Blick zu, und sagte drohend:

„Treiben Sie mich nicht auf's Aeußerste — es ist ein gefährlich Ding, den Menschen in Wuth zu bringen, der nichts mehr zu verlieren hat. Ich bin im Stande und liefere mich aus . . .“

Er bückte sich jedoch und hob das Packet auf.

„Geben Sie mir Ihr Ehrenwort, den Rest für mich bereit zu halten?“

„Ja.“

„So gehe ich. Fürchten Sie Nichts, ich halte unsern Vertrag, und lasse mich nicht lebendig fangen. Leben Sie wohl, Vater! Von Allem, was geschehen ist, sind Sie der Urheber, und sollen allein straflos ausgehen! Der Himmel ist ungerecht! Ich verfluche Sie! —“

Als nach Verlauf einer Stunde Diener das Zimmer des Grafen betraten, fanden sie ihn auf der Erde ausgestreckt, das Gesicht auf dem Teppich, eher krampfhaft starr als bewußtlos.

Noel hatte das Hotel des Grafen verlassen, und ging die Straße de l'Université hinauf. Ihn schwindelte; das Pflaster schien elastisch unter seinen Tritten zu schwanken, und Alles drehte sich um ihn her.

Der Mund war ihm so trocken, die Augen brannten ihm, und sein Magen hob sich, wie zum Erbrechen.

Dennoch überkam ihn zu gleicher Zeit ein Gefühl unbeschreiblichen Wohlseins, eine unendliche Erleichterung.

Es war so, wie der ehrenwerthe Herr Balan seinem jüngeren Kameraden auseinandergesetzt hatte.

Es war einmal geschehen, Alles war verloren, zu Ende. Jetzt war auch die Angst zu Ende, die furchtbare Erwartung, Furcht, Schrecken, Kampf und Zagen. Die ewige Verstellung war unnöthig geworden. Die entsetzlich schwere Komödie war zu Ende, er konnte jetzt die Maske ablegen und frei aufathmen.

Eine unaussprechliche Müdigkeit folgte auf die fieber= hafte Spannung, die seit acht Tagen alle seine Sinne aufs Höchste gereizt. Alle Nerven dehnten sich gleichsam und wollten ruhen. Er empfand eine unendliche Leere, eine vollkommene Gleichgültigkeit gegen Alles.

Es ging ihm fast wie den Reisenden, die an der Seekrankheit darnieder liegen. Ihnen ist auch Alles gleich= gültig geworden, sie mögen nicht mehr denken, und selbst die augenscheinlichste Lebensgefahr vermag sie nicht aus ihrer Lethargie zu wecken.

Wäre in diesem Augenblicke die Polizei gekommen, ihn zu verhaften, er hätte kaum daran gedacht, sich zu wehren; es wäre ihm kaum eingefallen, durch einen küh= nen Sprung seinen Kopf aus der Schlinge zu ziehen.

Nach kurzer Zeit erwachte jedoch die alte Energie, und schüttelte rasch die Betäubung der Sinne ab. Die Reaction belebte Geist und Körper wieder, das Bewußt= sein seiner Lage, der Gefahr die er lief, kehrte zurück, der Gedanke an das Schaffott durchzuckte seinen Kopf, wie man beim Leuchten eines Blitzes bemerkt, daß man am Rande eines Abgrundes steht.

„Ich muß mein Leben vertheidigen," dachte er. „Aber wie?"

Eine Täuschung der Sinne, wie sie Mörder wohl befällt, ließ ihn glauben, einige Vorübergehende haben ihn neugierig betrachtet. Das flößte ihm neuen Schrecken ein.

Er lief plötzlich davon, als würde er gejagt, ohne Ziel und Zweck, nur um zu laufen, ein getreues Bild der Schuld, die von Furien gepeitscht, flieht.

Endlich stand er wieder still, denn ihm fiel doch ein, daß seine Flucht erst die Aufmerksamkeit auf ihn lenken müsse.

Er ging ruhig weiter, und sagte sich fortwährend:

„Jetzt muß ein Entschluß gefaßt werden."

Doch seine Aufregung war zu furchtbar, er sah nicht, was um ihn her vorging, er konnte Nichts mehr unterscheiden, Nichts überlegen.

Bevor er seinen Schlag ausführte, hatte er sich reiflich überlegt, was er thun würde im Falle einer Entdeckung. Er hatte sich einen ganzen Plan zurechtgelegt, jede Ausflucht vorbereitet, alles bis in's Kleinste vorbedacht.

Was half ihm jetzt alle List und Vorausficht? Von Allem, was er sich ausgedacht, erschien ihm jetzt, im entscheidenden Moment, Nichts ausführbar. Mit dem Bewußtsein, es werde bereits nach ihm gesucht, fand er keinen Platz in der weiten Welt, wo er sich sicher bergen zu können meinte.

Er war nahe am Odeon, als ihn plötzlich ein Ge-

danke durchzuckte wie ein Blitz. Ihm fiel ein, daß jeden=
falls sein Signalement schon in vielen Händen sein werde,
und daß seine weiße Cravatte, sein wohlgepflegter schwarzer
Schnurrbart ihn unwiderruflich verrathen müßten.

Er bemerkte in der Nähe das Schild eines Friseurs,
trat auf den Laden zu — und im Moment — wo er hi=
neingehen wollte, hielt ihn neue Furcht zurück.

Der Friseur hätte es vielleicht auffallend gefunden,
daß er sich den Bart abschneiden lassen wollte, hätte ihm
vielleicht Fragen vorgelegt . . .

Nein — er ging vorüber.

Bald sah er einen zweiten Friseurladen, doch dasselbe
Bedenken scheuchte ihn zurück.

Langsam brach die Nacht herein, und mit der Dun=
kelheit kehrte Noel's Sicherheit und Kühnheit wieder.

Hatte er auch im sicher gehofften Hafen Schiffbruch
gelitten, so blieb noch Viel daraus zu retten. Warum
sollte er nicht auch davon kommen können, wie so viele
Andere schon gethan?

Wie Mancher schon verließ sein Vaterland, ließ sich
in fremdem Lande unter fremdem Namen nieder und fing
ein neues Leben an. Er hatte ja Geld, das blieb doch
noch immer die Hauptsache.

Ein Mann in seinem Falle, mitten in Paris, mit
achtzigtausend Francs in der Tasche, ist ein Thor, wenn
er sich fangen läßt.

Obendrein hatte er die Gewißheit, wenn das Geld zu
Ende war, auf den ersten Wink noch fünf bis sechsmal
so viel erlangen zu können.

Schon bedachte er, in welche Verkleidung er sich
stecken, und über welche Grenze er gehen sollte, als plötzlich, wie ein heißer Schmerz, die Erinnerung an Juliette
in seinem Innern auftauchte.

Sollte er allein fliehen, mit der Gewißheit, sie nie
wiedersehen zu können?

Und er sollte mit allen Hunden gehetzt, von der Polizei aller civilisirten Länder verfolgt, wie ein wildes Thier
durch Busch und Sumpf fliehen, indeß sie ruhig und bequem in Paris auf ihren Lorbeeren säße, sie, um derent-
willen er das Verbrechen begangen hatte! Nein, nein, hatte
er ihr Alles geopfert, so sollte sie nun auch ihren Theil
an Unglück und Schande mit ihm tragen!

„Sie liebt mich nicht," sagten Noel's bittere Empfindungen, „sie hat mich nie geliebt, sie wäre recht froh, wenn
sie mich los werden könnte auf immer. Sie wird sich um
mich nicht grämen, denn, da ich kein Geld mehr habe, bin
ich ihr ein unnützes Möbel, und stehe ihr nur im Wege.
Juliette ist klug genug, sie wird sich sicher ein kleines
Vermögen auf die Seite gebracht haben. Wenn sie sich
einen andern Liebhaber dazu nimmt, ist sie reich, lebt ver-
gnügt und ohne Sorgen, und denkt nicht einmal mehr an
mich, indeß ich . . . Nein, ich gehe nicht ohne sie!"

Die Stimme der Klugheit rief ihm zu:

„Sieh Dich vor! Wenn Du eine Frau mit Dir
schleppst, noch dazu eine hübsche, so ziehst Du mit Gewalt
Aller Blicke auf Dich, machst die Flucht unmöglich, lieferst
Dich Deinen Feinden in die Hände."

„Was liegt daran!" entgegnete die Leidenschaft. „Wir

retten uns ober sterben zusammen! Wenn sie mich auch nicht liebt, so liebe doch ich sie, ich bedarf ihrer! Sie muß mit mir gehen, ober ..."

Aber wie zu Juliette gelangen, wie sie sprechen, sie überreden?

Es war zu gefährlich, zu ihr zu gehen. Vielleicht waren schon Leute von der Polizei bei ihr!

„Nein," dachte Noel wieder. „Niemand weiß, daß sie meine Maitresse ist, es werden jedenfalls einige Tage vergehen, ehe man mich bei ihr sucht; und schreiben wäre doch noch gefährlicher."

Er nahm einen Wagen, nahe am Observatorium, und sagte dem Kutscher ganz leise die Hausnummer in der Rue de Provence, die so verhängnißvoll für ihn geworden war.

Im Wagen ausgestreckt, durch das gleichmäßige Schütteln eingewiegt, vergaß Noel seine Gedanken über die nächste Zukunft. Wieder und wieder rekapitulirte er im Geiste die jüngste Vergangenheit, wieder spielte sich die ereignißreiche Zeit des letzten Monats vor seinen Augen ab, wie ein Sterbender wohl sein ganzes Leben in den letzten Stunden betrachten mag.

Er war eben zu Ende mit allen Hülfsmitteln und Geldquellen, ohne Aussicht, sein bisheriges Leben weiter führen zu können, als ihm der Zufall die ganze Correspondenz des Grafen Commarin mit seiner Mutter in die Hände spielt:, nicht allein jene Briefe, die er dem alten Tabaret und später dem Vicomte Commarin mittheilte, sondern auch die andern, die den vollbrachten Tausch außer Zweifel stellten.

Es kam über Noel wie ein Rausch wilden Entzückens, denn er glaubte, der legitime Sohn zu sein.

Freilich enttäuschte ihn seine Mutter, sagte ihm den wahren Sachverhalt, bewies ihn durch viele Briefe der Frau Lerouge, und überzeugte ihn durch die mündliche Bestätigung der Lerouge, sowie durch das Zeichen an seinem Körper, das sie ihm nachwies.

Doch er, wie ein Ertrinkender, klammerte sich an diese Briefe, als einziges Rettungsmittel an, und suchte sie trotzdem für sich auszubeuten.

Zuerst versuchte er seine Mutter zu bestimmen, daß sie nur nicht zu widersprechen habe, daß der Tausch wirklich stattgefunden, er wolle sich schon eine bedeutende Geldentschädigung von dem Grafen verschaffen. Diesen Vorschlag wies sie jedoch empört von sich.

Darauf gestand der Advokat alle seine Thorheiten, zeigte ihr seine Geldnoth, seine äußerste Schuldennoth unverhüllt, und beschwor seine Mutter, sich an den Grafen zu wenden.

Auch das verweigerte sie, und Bitten scheiterten eben so wie Drohungen an ihrem festen Entschlusse. Es war ein schrecklicher Kampf zwischen Mutter und Sohn, der mehrere Wochen dauerte, und welchen der Advokat zuletzt aufgeben mußte.

Da kam er auf die Idee, die Lerouge zu ermorden.

Die wunderliche Frau war gegen Madame Gerdy so wenig aufrichtig gewesen, als gegen alle Andern — so

wußte Noel so wenig als die Andern, daß ihr Mann noch
lebe. Wenn s i e nicht mehr gegen ihn zeugen konnte, wen
hatte er dann zu fürchten?

Madame Gerdy und den Grafen — doch diese Bei=
den hoffte er leicht falschen Zeugnisses zu zeihen, hoffte,
daß jenes durch die Briefe konstatirte Vergehen ein zweifel=
haftes Licht auch auf ihre gegenwärtigen Behauptungen
werfen werde.

Wie aber jeden Verdacht einer Schuld am Tode der
Lerouge im Voraus abwenden?

Nach langem Nachdenken kam er auf eine teuflische List.

Er verbrannte alle Briefe des Grafen, die von dem
vollbrachten Tausche sprachen, und behielt nur diejenigen,
die ihn vorbereiten sollten.

Dadurch mußte der erste Verdacht jedenfalls auf den
fallen, dem der Tod der Witwe Lerouge sichtlich Vortheil
bringen mußte, und das war weniger um Albert zum
Verbrecher zu stempeln, sondern vielmehr um die Nach=
forschungen der Polizei auf eine falsche Spur zu leiten.

Er rechnete eben so wenig darauf, die Stellung des
Vicomte wirklich einzunehmen.

Sein Plan war einfach der: nachdem er die Lerouge
beseitigt, wollte er ruhig den Verlauf der Dinge abwarten.
Der Prozeß würde sich wahrscheinlich in die Länge ziehen,
dann ließe sich inzwischen der Graf mürbe machen und
zuletzt ein Vergleich schließen, wobei für ihn ein beträcht=
liches Vermögen abfiele.

Nachdem er alle Vorkehrungen getroffen, beschloß er,

den entscheidenden Streich am Fastnachts-Dienstage zu voll-
führen.

Um sich auf jeden Fall ein Alibi zu sichern, führte
er an diesem Abende Juliette in das Theater, und von
da, nach vollbrachter That, auf den Ball.

Der Verlust seines Paletots beunruhigte ihn nur im
ersten Augenblicke. Später machte er sich keine Sorge mehr
darum, er dachte:

„Wer soll denn wissen, daß er mir gehört?“

Alles war nach Wunsch gelungen, und seiner Ansicht
nach brauchte er nur ruhig abzuwarten, um des gewünsch-
ten Erfolges sicher zu sein.

Als Madame Gerdy den Bericht von dem Morde
in der Zeitung las, errieth die unglückliche Frau sogleich
den wahren Zusammenhang, und erklärte im ersten heftigen Ausbruch ihrer Verzweiflung: sie wolle Noel selbst
als Mörder anzeigen.

Da wurde ihm bange. Seine Mutter fantasirte fort
und fort in der heftigsten Aufregung, ein Wort, von fremden Ohren aufgefangen, konnte sein ganzes Spiel verderben. Da faßte er den kühnen Entschluß, den letzten
Trumpf zu wagen, und auf seine Weise die Polizei selbst
auf Albert als den Mörder hinzuleiten.

Er bediente sich dazu seines alten Freundes Tabaret,
der ihm dazu eben zu rechter Zeit in den Wurf kam. Noel
wußte recht gut, daß er ein geheimer — und wie eifriger —
Agent der Polizei sei, und fand seine Vermittlung ein
geheimes und ganz vortreffliches Mittel zum Zweck.

So lange Madame Gerdy noch lebte, fühlte sich Noel

nicht recht sicher. Ihren Fieberfantasien ließ sich nicht
Schweigen gebieten. Sobald sie aber die Augen geschlossen
hatte, triumphirte er, er sah kein Hinderniß seiner Erfolge
mehr, wohin er auch blickte — er hatte sie alle überwunden.

Jetzt, wo er die Höhe erreicht hatte, nach der sein
Ehrgeiz strebte — auf einmal war Alles entdeckt, Alles
verspielt. Wie war das möglich? Durch wen? Wie konnte
das Unheil auferstehen, das er mit seiner Mutter begraben
wähnte?

Was hilft es, wenn man den Abgrund hinabgestürzt
ist, nachgrübeln, über welchen Stein man gestolpert ist,
welche handvoll Erde unter den Füßen nachgegeben hat?

Der Miethwagen hielt jetzt in der Straße Provence.

Noel streckte den Kopf zum Fenster hinaus, und
forschte, ob er nirgend etwas Verdächtiges entdecke.

Da er Nichts sah, bezahlte er, ohne den Wagen zu
verlassen, durch das vordere Fenster, und war mit einem
Sprunge in das Haus hinein verschwunden.

Charlotte, die ihm öffnete, rief hoch erfreut:

„Ach, da ist ja endlich der Herr! Madame erwartet
Sie schon lange mit einer Unruhe, einer Ungeduld!"

Juliette erwartete ihn? Sie war unruhig?

Doch er ließ sich keine Zeit zu Fragen. Ihm schien,
als sei seine gewohnte Kaltblütigkeit beim Ueberschreiten
dieser Schwelle zurückgekehrt. Er begriff jetzt seine Unklug-
heit, und fühlte den Werth jeder Minute für ihn.

„Wenn geläutet wird — Sie öffnen nicht," sagte er

zu Charlotte. „Was man auch thun und sagen möge, Sie machen nicht auf!"

Juliette lief herbei, da sie Noel's Stimme vernahm — er stieß sie rasch in den Salon zurück, und verschloß die Thür hinter sich.

Da erst sah sie das Gesicht ihres Geliebten — es war so sehr verändert, so verstört, daß sie mit einem Schrei auf ihn zuflog, und fragte:

„Was ist denn?"

Noel antwortete nicht, er faßte heftig ihre beiden Hände, sah ihr flammenden Blickes in die Augen, und fragte mit rauher Stimme:

„Juliette, sei aufrichtig: liebst Du mich?"

Sie fühlte, daß etwas Ungewöhnliches vorgegangen war; halb errieth, halb ahnte sie ein großes Unglück — dennoch versuchte sie eines ihrer gewohnten Schmollkunst-stückchen.

„Bösewicht! Du verdientest ..."

„Genug!" rief Noel mit unerhörter Heftigkeit, mit dem Fuße stampfend, und preßte die kleinen Hände seiner Geliebten, als wollte er sie zerbrechen. „Ja oder Nein, liebst Du mich?"

Wie oft hatte sie schon mit dem Zorne ihres Freundes gespielt, ihn absichtlich bis zur Wuth gereizt, um nachher das Vergnügen zu genießen, ihn durch ein schmeichelndes Wort wieder zu besänftigen — aber so hatte sie ihn nie gesehen.

Er that ihr weh', sehr weh', doch sie wagte sich nicht über diese Grausamkeit zu beklagen, sie stammelte:

„Ja, ich liebe Dich! weißt Du es denn nicht? weshalb frägst Du?"

„Weshalb?" fragte der Advokat, und ließ die Hände
seiner Geliebten los; „weil, wenn Du mich liebst, Du mir
es jetzt beweisen sollst. Wenn Du mich liebst, so folge mir
in diesem Augenblicke, verlaß' Alles, komm', die Zeit
drängt ..."

Die junge Frau erschrak.

„Was ist denn geschehen? mein Gott!"

„Nichts. Ich liebte Dich zu sehr, Juliette, das ist
das Ganze. Als ich sah, daß ich kein Geld mehr für Dich
hatte, für Deinen Luxus, Deine Capricen, da verlor ich
den Kopf. Um mir Geld zu verschaffen, habe ich ... habe
ich ein Verbrechen begangen? Hörst Du? Ich werde verfolgt, ich muß fliehen — willst Du mir folgen?"

Juliette sah ihn starr mit großen Augen an, sie
zweifelte noch.

„Ein Verbrechen?" stammelte sie.

„Ja, ich! Willst Du wissen, was ich gethan habe?
Einen Mord habe ich begangen, einen Menschen getödtet —
Deinetwegen."

Der Advokat erwartete, Juliette werde auf solche Worte
entsetzt vor ihm zurückweichen. Auf den Schauder, den ein
Mörder einflößt, war er gefaßt — er glaubte, sie werde
ihn fliehen, oder ihm vielleicht Vorwürfe machen, vielleicht
in Ohnmacht fallen, oder schreien, zu Hilfe rufen oder
dergleichen. Nichts von alledem.

Juliette war mit einem Sprung auf ihn zu, umschlang ihn, umfaßte seinen Hals mit beiden Händen, und küßte ihn mit einer Leidenschaft, wie sie ihn nie geküßt.

„Ja, ich liebe Dich," sagte sie, „ja! Du hast meinetwegen ein Verbrechen begangen, daran sehe ich, daß Du mich liebst. Du hast Muth, ich kannte Dich nicht."

Es hatte kein geringes Opfer gekostet, Juliette eine Leidenschaft einzuflößen, doch daran dachte Noel jetzt nicht.

Eine unendliche Freude überfluthete sein Herz, es kam ihm vor, als sei noch Nichts verloren.

Dennoch hatte er den Muth, die Arme seiner Geliebten von sich loszulösen.

„Laß' uns fort!" rief er; „das größte Unglück ist, daß ich nicht weiß, woher die Gefahr kommt. Es ist mir noch unerklärlich, wie die Wahrheit hat offenbar werden können . . ."

Juliette erinnerte sich an den Besuch, den sie am Nachmittage empfangen, sie begriff Alles.

„Ich Unglückselige," rief sie, die Hände ringend vor Verzweiflung, „dann habe ich selbst Dich verrathen. Nicht wahr, am Dienstage geschah es?"

„Ja, am Dienstag."

„Dann habe ich, ohne es zu wissen, Deinem Freunde Alles gesagt, dem alten Herrn Tabaret, den ich von Dir gesendet glaubte."

„Tabaret war hier?"

„Ja, vor Kurzem."

„O, dann komm'," rief Noel, „rasch, rasch — es ist ein Wunder, daß er noch nicht da ist."

Er faßte sie am Arme, um sie fortzuziehen, doch sie machte sich behende los.

„Laß' mich los, ich habe noch eine Summe Goldes und Schmuck; das will ich mitnehmen."

„Das ist unnöthig, laß' Alles, ich habe ein Vermögen, Juliette, laß' uns nur fliehen."

Schon hatte sie die Chiffonnière geöffnet, und warf, was sie von Werth besaß, durcheinander in eine Reisetasche.

„Du stürzest mich in's Verderben!" mahnte Noel.

Doch sein Herz empfand dabei nur Freude, keine Angst; er dachte:

„Welch' eine Hingebung! Sie liebt mich wahrhaft, sie entsagt ohne Besinnen einem glücklichen Dasein, sie opfert mir Alles!"

Jetzt war Juliette fertig, sie hatte eben die Hutbänder zugeknüpft — als an der Glocke gezogen wurde.

„Sie sind es!" rief Noel und wurde tobtenbleich.

Er und Juliette standen inmitten des Zimmers wie zwei Statuen, den Schweiß auf der Stirn, mit weit offenen Augen — und lauschten.

Zum zweiten Male erklang die Glocke, dann zum dritten Male.

Charlotte kam herein auf den Fußspitzen und flüsterte:

„Es sind Mehrere, ich hörte, wie sie mit einander beriethen."

Jetzt fingen sie an zu klopfen, zu stampfen. Eine Stimme wurde vernehmlich bis in den Salon, man konnte das Wort „Gesetz" unterscheiden.

„Keine Hoffnung mehr!" flüsterte Noel.

„Wer weiß," sagte Juliette. „Die kleine Treppe . . ."

„Verlaß' Dich darauf, sie werden sie nicht vergessen haben."

Juliette wollte den Versuch wagen, doch erschrocken kam sie wieder.

Sie hatte schwere Schritte auch von dort vernommen.

„Es muß doch ein Mittel geben!" rief sie verzweiflungs= voll.

„Ja. Ich habe mein Wort gegeben, jetzt heißt es Muth fassen. Sie arbeiten am Schlosse, um es zu er= brechen, verschließt alle Thüren und laßt sie einbrechen, dadurch gewinne ich Zeit."

Juliette und Charlotte eilten seinen Willen zu er= füllen — Noel, an den Kamin gelehnt, zog seinen Revolver hervor und hielt ihn vor die Brust.

Juliette trat wieder herein, sah die Bewegung und stürzte sich mit solcher Heftigkeit auf ihren Geliebten, daß der Schuß losging. Die Kugel fuhr Noel durch den Leib. Er stieß einen entsetzlichen Schrei aus.

Juliette bereitete ihm eine schreckliche Marter anstatt des Todes, sie verlängerte seinen Todeskampf.

Er schwankte und das Blut strömte heftig hervor, dennoch blieb er aufrecht an den Kamin gelehnt und wollte einen zweiten Schuß thun.

Juliette hielt ihn umklammert und wollte ihm den Revolver entreißen.

„Du sollst Dich nicht tödten," rief sie, „ich will es nicht, Du bist mein, ich liebe Dich! Laß' sie nur kommen. Was thut's? Wenn sie Dich in das Gefängniß werfen, so befreist Du Dich wieder. Ich helfe Dir, wir bestechen die Wachen. Wir können noch so glücklich mit einander leben, weit von hier, in Amerika, wo uns Niemand kennt . . ."

Die Eingangsthür war aufgebrochen, jetzt arbeiteten sie an der Thür des Vorzimmers.

„Laß' mich los," röchelte Noel, „sie dürfen mich nicht lebendig haben."

Trotz seiner furchtbaren Schmerzen stieß er mit einer gewaltsamen Anstrengung Juliette von sich, daß sie am Sofa niederfiel.

Er spannte den Hahn abermals, stemmte den Revolver auf, wo er die Schläge seines Herzens fühlte, der Schuß ertönte und Noel fiel zur Erde.

Es war die höchste Zeit, die Männer traten herein.

Sie glaubten, Noel habe zuerst seine Geliebte er-schossen, dann sich selbst, weil sie zwei Schüsse gehört. Es gibt Leute, die diese Welt nicht allein verlassen mögen. Aber Juliette stand schon wieder aufrecht.

„Einen Arzt!" rief sie; „schnell einen Arzt — er kann nicht todt sein!"

Ein Polizei-Agent lief rasch hinaus, indessen die andern, von Tabaret angeführt, den Leichnam des Advokaten auf Juliettens Bett legten.

„Könnte er nicht fehlgeschossen haben?" murmelte der brave Mann, dessen ganzer Zorn bei diesem Anblick ver-flogen war; „ich liebte ihn wie meinen Sohn und liebe ihn noch."

Tabaret horchte hoch auf, Noel's Lippen entfloh ein leiser Klageton — er schlug die Augen auf.

„Sie sehen wohl, er lebt noch!" schrie Juliette.

Der Sterbende nickte kaum bemerkbar, bewegte sich hin und her auf seinem Bett und fuhr mit der rechten Hand bald in seinen Ueberrock, bald unter sein Kopfkissen.

Er wendete sich sogar halb gegen die Wand und wieder herum.

Auf seinen Wink schoben sie ihm einen Polster unter den Kopf, darauf sprach er mit schwacher Stimme:

„Ich bin der Mörder, schreibt es auf, ich will unterschreiben — das ist eine Genugthuung, die ich Albert schuldig bin."

Während die Worte aufgeschrieben wurden, zog er Juliettens Haupt dicht an seinen Mund und flüsterte:

„Mein Vermögen liegt unter dem Kopfkissen — ich schenke es Dir."

Ein Blutstrom trat über seine Lippen, Alle glaubten, er sei schon verschieden.

Doch hatte er noch die Kraft, seine Erklärung zu unterzeichnen und eine Scherzrede an den alten Tabaret zu richten.

„Ei, ei, alter Herr, Sie mischen sich also in polizeiliche Angelegenheiten? Sehr schön von Ihnen, Ihre Freunde eigenhändig umzubringen! Ich hatte ein schönes Spiel, aber mit drei Frauenzimmern muß man verlieren."

Der letzte Kampf stellte sich ein, und als der Arzt erschien, hatte er nur den Todtenschein des Advokaten Gerdy auszufertigen.

————

XX.

Nach Verlauf einiger Monate saß eines Abends die Marquise d'Arlange, jünger und munterer als je, im Salon ihrer Freundin, des alten Fräuleins Goello, und erzählte dem ganzen Damenkreise eifrig und wortreich von der Verheiratung ihrer Enkelin Claire mit dem Vicomte Albert von Commarin.

„Die Hochzeit," sagte sie, „wurde auf unsern Gütern in der Normandie in aller Stille vollzogen. Mein Schwiegersohn wollte es so, obgleich ich sehr dagegen war. Er hätte mit um so mehr Aplomb auftreten sollen, als er eine Zeit lang unter ungerechtem Verdacht stand, das wäre nach meinem Gefühl gewesen — ich habe es ihm auch gesagt. Aber der Junge ist eben so hartnäckig als sein Herr Vater, und das will nicht wenig sagen — er gab nicht nach. Meine Enkelin hielt zu ihm, als ob sie schon seine Frau wäre, und gegen den kleinen Eigensinn war Nichts auszurichten. Uebrigens ist es jetzt auch gleich; ich glaube kaum, daß jetzt irgend ein Mensch zu finden wäre, der nur einen Augenblick an Albert's Unschuld gezweifelt haben wollte.

Ich bin wieder abgereist, und habe meine Kinder in der
Seligkeit ihrer Honigmonde allein gelassen, sie girren wirklich wie ein Paar Turteltauben. Ich muß gestehen, sie
haben ihr Glück etwas theuer erkauft. Mögen sie glücklich
sein und viele Kinder bekommen, sie können sie erziehen
und ausstatten nach ihrem Vergnügen. Wissen Sie es schon?
Der Graf Commarin ist zum ersten Male in seinem Leben
ganz weichmüthig gewesen, und hat sein ganzes Hab und
Gut seinem Sohne übergeben. Er will allein auf einem
seiner Güter leben. Ich glaube nicht, daß der gute Mann
recht alt wird. Seit der bösen Geschichte ist er nicht mehr
der Alte. Also meine Enkelin ist verheiratet, und zwar sehr
gut. Ich weiß am Besten, was es mich kostet, und muß
mich deshalb nun sehr einschränken. Ich finde es unrecht
von Eltern, wenn sie sich nicht jedes Opfer aufzuerlegen
im Stande sind, wenn es dem Glück ihrer Kinder gilt.“

Die Marquise vergaß zu erzählen, daß Albert acht
Tage vor der Hochzeit ihre ganzen, nicht unbeträchtlichen
Schulden bezahlt hatte.

Seitdem lieh sie nicht mehr als neuntausend Francs
von ihm, nur beabsichtigte sie ihm nächstens zu gestehen,
daß ihr Tapezierer sie schrecklich um Geld quält, die
Nätherin, drei Modewaarenhandlungen und einige andere
Geschäftsleute auch durchaus nicht mehr warten wollen.

Sie liebt ihren Schwiegersohn uneigennützig — sie
sagt ihm nie Uebles nach.

Daburon hat seine Entlassung genommen, er lebt in
strengster Zurückgezogenheit in der Provinz. Er ist ruhig

11 *

und die Zeit wird Vergessenheit bringen. Seine Freunde hoffen, ihn zu einer Heirat zu bewegen.

Madame Juliette hat sich schon längst getröstet. Sie fand die achtzigtausend Francs unter Noel's Kopfkissen — doch viel ist nicht mehr davon übrig. Wie lange wird es dauern, daß ihr reiches Mobiliar meistbietend verkauft wird!

Der alte Tabaret lebt seiner Erinnerung.

So gewiß er früher an die Unfehlbarkeit der irdischen Gerechtigkeit glaubte, sieht er jetzt überall Fehler und Irr= thümer der Justiz.

Er leugnet zuweilen sogar die Existenz des Ver= brechens, und behauptet, auch das Zeugniß der eigenen Augen könne täuschen. Er sammelte Unterschriften zu einer Petition um Aufhebung der Todesstrafe, und organisirt eine Gesellschaft zur Unterstützung armer und hilfloser Angeklagter.

Ende.

Druck von C. Jasper in Wien.